AF390735

Trevor Johnson & Cindy Colette

TRIO

DIABOLIQUEMENT

SENSUEL

ISBN : 978-2-487053-05-2
Dépôt légal 2ème trimestre 2024

© 2024 : Les petits plaisirs de lire éditeur
   Contact : petitprecispouretreprecis@gmail.com

AVERTISSEMENT :
Les scènes de sexe torrides sont uniquement destinées à un public adulte.

1

Le soleil émergeait timidement derrière les collines de la Provence, peignant le ciel de teintes orangées qui se reflétaient sur les champs de lavande. Les senteurs enivrantes des fleurs emplissaient l'air, caressant les sens de Juliette alors qu'elle déambulait dans les ruelles étroites de Gordes, ses pas résonnant sur les pavés usés par le temps, chaque bruit amplifié par le silence matinal.

C'était la première fois qu'elle partait seule pour le weekend. Célibataire depuis quelques mois, Juliette passait son temps à travailler pour éviter de se retrouver seule chez elle. Sa boîte de comptabilité était située dans le centre de Paris, spécialisée dans les finances des entreprises locales. Son patron, un homme plus âgé au charisme indéniable, se prénommait Marc. Dur, intransigeant mais étrangement attirant, il exerçait sur elle une fascination troublante. C'était l'autre raison pour laquelle elle travaillait beaucoup...

Rien que de penser à lui, à son corps près d'elle lorsqu'il se penchait derrière son épaule pour vérifier son travail, Juliette sentait des frissons de plaisir lui parcourir la peau. Elle avait longtemps fantasmé à l'idée de sortir avec lui, mais il semblait plus intéressé par Carla, cette espèce de cruche à l'accueil.

Ces derniers temps, Juliette était épuisée par le travail. Vendredi dernier, alors qu'ils étaient seuls dans le bureau, Marc s'était approché d'elle, une lueur d'inquiétude dans les yeux.

« Juliette, j'ai besoin de te parler … », avait-il dit d'une voix grave.

Elle avait relevé les yeux de son écran, surprise par son ton sérieux.

« Oui, bien sûr Marc, que se passe-t-il ?

- J'ai une affaire urgente qui nécessite ma présence ce weekend, avait-il expliqué. Je vais devoir partir demain matin. Et en te voyant, je me dis que tu as aussi besoin de prendre un peu de temps pour toi. Tu es épuisée, Juliette. Tu devrais songer à t'accorder un peu de repos.

- Tu penses que je devrais prendre un weekend ? ». Un éclair d'espoir avait traversé le regard de Juliette.

Marc avait hoché la tête. « Absolument. Tu travailles sans relâche depuis des mois. Tu as besoin de souffler un peu, de te ressourcer. Prends quelques jours pour toi, loin d'ici. Tu le mérites. »

Juliette avait senti son cœur battre la chamade. Était-ce une invitation déguisée ? Elle avait décidé de jouer la carte de la séduction, espérant qu'il saisisse l'occasion : « Et tu penses que je devrais partir où, exactement ? »

Marc avait esquissé un sourire compréhensif.

« Eh bien, pourquoi pas quelque part où tu pourrais te détendre, profiter de la nature, loin de la ville. Ça te ferait sûrement le plus grand bien.

- Peut-être que je vais effectivement songer à prendre un peu de recul, répondit Juliette en laissant échapper un léger rire nerveux.

- Je vais me prendre un café, tu veux que je t'en ramène un ? » avait-il ajouté avec un sourire.

Juliette avait acquiescé avec enthousiasme, incapable de cacher sa joie. Mais à peine Marc avait-il franchi la porte du bureau que l'impatience l'avait gagnée. Elle ne tenait pas en place. Elle s'était levée et avait décidé de sortir rejoindre Marc à la machine à café.

Pourtant, ce qu'elle avait découvert l'avait glacée sur place. Marc était en train de flirter ouvertement avec Carla, son sourire charmeur éclairant son visage alors qu'il lui parlait. Juliette avait entendu distinctement sa question : « Tes affaires sont prêtes pour ce weekend ? » Carla avait gloussé stupidement, répondant par un regard complice et un hochement de tête.

Là, Juliette avait compris. Un mélange de déception et d'embarras l'avait envahie alors qu'elle réalisait qu'elle avait mal interprété ses paroles. Elle avait tourné les talons, attrapé son téléphone, cherchant une application touristique pour trouver un hôtel rapidement. C'est là qu'elle était tombée sur le village de Gordes, perché sur un rocher. Les photos magnifiques l'avaient charmée, et sur un coup de tête, même si au départ elle n'avait pas envisagé de partir si loin et surtout ne se sentait pas à l'aise avec l'idée d'y aller seule, elle avait pris la décision de partir le soir même.

Dès son arrivée, elle avait ressenti une sérénité apaisante. Elle avait délibérément emporté avec elle des robes légères, qui la mettraient en valeur, dans l'espoir de faire une rencontre sympathique, l'histoire d'une nuit.

Les vendredi et samedi soir, elle avait trouvé un bar-restaurant animé où elle s'était laissée draguer et avait dansé sous les étoiles de Provence. Pourtant, malgré les avances, elle n'avait pas osé aller plus loin. L'excitation était là, palpable, mais elle ne se sentait pas prête à franchir le pas. Elle avait simplement préféré profiter de l'instant, laissant leurs regards brûlants glisser sur elle, leurs mains l'effleurer, savourant chaque sensation électrique que leur proximité lui procurait.

Le dimanche matin, allongée nue dans son lit, elle se laissait emporter par les souvenirs des rencontres de la veille. Son esprit se perdait dans un jeu de fantasmes où l'un d'entre eux était Marc. Elle imaginait qu'il l'avait embrassée avec passion, avant de la conduire dans sa chambre d'hôtel. L'excitation montait en elle alors qu'elle se remémorait chaque détail, chaque sensation.

Elle avait laissé la fenêtre de sa chambre ouverte, un défi sensuel au monde extérieur. L'idée que des passants puissent entendre sa respiration s'accélérer et ses gémissements discrets la remplissait d'une excitation délicieuse. Les premières lueurs du jour caressaient sa peau, accentuant le contraste entre la chaleur du soleil et le frisson de plaisir qui la parcourait.

Elle se représentait les lèvres de Marc parcourir chaque centimètre de son corps, ses caresses expertes lui procurant des frissons de désir. Ressentant la chaleur de son souffle entre ses cuisses, elle avait succombé à un orgasme délicieux qui l'avait submergée de sensations enivrantes.

Restant encore un peu au lit, chaque inhalation était une bouffée d'air frais, chaque expiration un soulagement du poids qui pesait sur ses épaules. Cette échappée en solitaire avait été une décision libératrice, mais malgré cela, elle ressentait encore une pointe de frustration de ne pas être avec Marc.

L'idée qu'il puisse être au lit avec Carla la perturbait. C'était le dernier jour ici, et elle refusait de le gâcher à cause de cette situation. Déterminée à profiter pleinement de sa journée, elle se leva et se dirigea vers la douche, déterminée à chasser toutes les pensées négatives et à savourer chaque instant qui lui restait dans ce cadre enchanteur.

Quelques instants plus tard, elle déambulait sans but précis, laissant ses pas la guider à travers les ruelles sinueuses. Dans sa tête, un air langoureux de Cigarettes after sex donnait le rythme à sa démarche. Derrière ses lunettes de soleil, Juliette croisait les regards des hommes, savourant ce sentiment de contrôle qu'elle exerçait sur eux.

Puis, arrivée devant une vieille église de pierre où de nombreux touristes s'étaient regroupés pour prendre des photos, elle ressentit une étrange sensation l'envahir. Un frisson électrique lui parcourut l'échine, provoquant une bouffée d'excitation au creux de son ventre. Là, à quelques mètres d'elle, se tenait l'homme en train de fumer une cigarette, son regard perdu dans le vide alors qu'il repoussait une mèche de ses cheveux bruns.

Instantanément, Juliette sentit son cœur s'emballer, un sourire timide étirant ses lèvres alors qu'elle observait cet inconnu fascinant. Elle retira ses lunettes pour mieux voir la couleur de ses yeux. Ils étaient clairs, et Juliette désirait ardemment qu'il pose son regard sur elle. Mais pour l'instant, il semblait scruter l'horizon avec une intensité troublante. Que pouvait-il bien attendre ?

« Olivier, c'est son nom », chuchota une voix dans son esprit, comme si le vent lui avait murmuré l'identité de cet homme mystérieux. Juliette frissonna. Olivier. Le nom lui semblait familier, comme une mélodie oubliée qu'elle

aurait soudainement retrouvée.

Le temps semblait suspendu alors que Juliette dévisageait ce potentiel Olivier. Elle n'avait jamais été douée pour les rencontres fortuites, pourtant quelque chose dans le regard de cet inconnu lui semblait familier, au point qu'elle avait la sensation de l'avoir déjà croisé. Peut-être l'avait-elle aperçu ces deux derniers soirs ? Non, impossible, il était tellement séduisant qu'elle s'en souviendrait. Perdue dans ses pensées, Juliette restait figée sur place, incapable de détourner le regard de cet homme. Elle voulait qu'il pose ses lèvres sur ses épaules comme il les posait sur sa cigarette. Elle avait envie de sentir ses mains autour de sa taille, que son corps se rapproche du sien, elle voulait sentir l'odeur de sa peau...

Et il finit par s'en apercevoir. Elle devait sans doute le regarder un peu trop intensément. Les joues de Juliette s'enflammèrent tandis qu'elle se mordillait machinalement la lèvre. Lorsqu'elle remarqua qu'il s'avançait vers elle, un sourire énigmatique étirant ses lèvres, elle jeta un coup d'œil rapide à sa droite, puis à sa gauche, pour s'assurer qu'elle ne s'était pas trompée, qu'il n'était pas en train de s'approcher d'une autre personne. Mais non, c'était bien vers elle qu'il se dirigeait, et elle sentit son cœur battre la chamade.

Elle avait la conviction que son trouble était bien trop visible, que ses désirs les plus intimes étaient exposés à la vue de cet homme mystérieux. Son regard pénétrant révélait une profondeur insoupçonnée qui achevait de faire chavirer son cœur. Maintenant juste devant elle, il la dépassait d'une tête, et elle sentait la sienne tourner d'excitation.

« Bonjour, dit-il d'une voix grave. On se connaît ? »

Le son de sa voix, qui lui rappela le murmure du vent, fit frissonner Juliette de la tête aux pieds.

« Je ne sais pas, je crois... Je m'appelle Juliette, répondit-elle d'une voix légèrement tremblante.

- Moi c'est Olivier," dit-il avant de reprendre une bouffée de cigarette.

Comment avait-elle pu deviner son prénom ? Elle ravala difficilement sa salive avant de répondre « Enchantée, Olivier ». Il lui sourit, plongeant son regard dans le sien, puis rapidement, son attention sembla dériver vers un pendentif qui reposait entre ses seins, captivant son regard. Ou peut-être était-ce son décolleté qui l'avait captivé, observant la montée rapide de sa poitrine sous sa respiration qu'elle tentait de contrôler. Puis, il tourna le regard vers une ruelle et d'un signe de la tête l'invita à le suivre.

Juliette savait qu'à partir de ce moment précis, son escapade ne serait plus la même. Alors que le soleil atteignait son zénith, elle était prête à suivre son inconnu, à s'abandonner à l'aventure, peu importe où cela pourrait les mener.

Marchant côte à côte, ils avançaient en silence, et l'air semblait imprégné de désir.

« Tu viens d'où ? » demanda Olivier, brisant finalement le silence.

« De Paris », répondit Juliette, sentant son cœur s'accélérer à chaque mot échangé.

« Ce n'est pas la porte à côté », fit remarquer Olivier avec un léger sourire en coin. Juliette lui jeta un regard, captivée par la profondeur de ses yeux, une sensation enivrante s'emparant d'elle.

« Je suis là pour le weekend », répondit-elle, tentant de

masquer l'effervescence qui bouillonnait en elle.

- Seule ?

- Oui. J'avais besoin de changer d'air, avoua-t-elle dans un souffle.

- Et tu fais quoi dans la vie ? », continua-t-il, sa voix grave résonnant comme une caresse à ses oreilles.

« Rien d'exceptionnel. Je travaille dans la comptabilité », répondit-elle humblement, sentant une pointe de gêne l'envahir alors qu'elle croisait le regard de son compagnon de marche. Elle était captivée par lui, ensorcelée par sa présence.

« Et toi, tu fais quoi ? » demanda-t-elle à son tour, désireuse de percer le mystère qui entourait cet homme.

Il lui expliqua qu'il travaillait dans le domaine de la vente de vins locaux, arpentant les restaurants pour partager sa passion.

« Aujourd'hui c'est repos. J'aime bien venir là, j'ai grandi près d'ici », confia-t-il, un léger sourire flottant sur ses lèvres.

« Seul ? » lui demanda-t-elle, un sourire complice étirant ses propres lèvres.

« Oui, seul. Célibataire depuis peu. Et toi ?

- Pareil », murmura-t-elle, sentant leur connexion s'intensifier à mesure qu'ils avançaient. Son regard la faisait frissonner.

Ils atteignirent le sommet d'une colline surplombant le village, s'installant sur un banc, épaule contre épaule. Olivier lui posa des questions sur Paris, captivé par les récits de Juliette. Ils partagèrent leur passion pour la photographie, échangeant des anecdotes avec enthousiasme. La main de Juliette reposait sur le banc entre eux, et Olivier passa le bout de ses doigts dessus, envoyant des frissons le long de son bras. Elle ferma les yeux, s'abandonnant à la sensation enivrante de son toucher. Un flash d'un baiser avec Olivier traversa son esprit, lui arrachant un gémissement étouffé. La tension entre eux était palpable, elle se délectait de l'idée de l'embrasser tout en se laissant emporter par le délicieux jeu de la séduction.

Le soleil commençait à décliner vers l'horizon, peignant la campagne d'une lumière dorée qui enveloppait Juliette et Olivier dans une aura magique. Depuis le matin de leur rencontre, les heures s'étaient écoulées sans qu'ils s'en rendent compte, captivés par la présence enivrante de l'autre et par la beauté intemporelle qui les entourait. Assis côte à côte, ils contemplaient en silence le spectacle qui s'offrait à leurs yeux, laissant la magie de l'instant les submerger.

C'est à ce moment-là que Juliette réalisa qu'elle était en train de vivre l'une des expériences les plus enivrantes de sa vie. Peu lui importait ce qui se passerait ensuite, elle savait qu'elle garderait à jamais gravé dans son cœur ce voyage en Provence.

Elle ne savait pas qu'Olivier était captivé par la lumière qui émanait d'elle, par la manière dont son visage s'illuminait lorsqu'elle parlait de ses passions et de ses rêves. Il sentait un lien indéfinissable se tisser entre eux, un lien fait de désir et de complicité.

« On n'a même pas mangé ce midi, tu ne commences pas à avoir faim ? » fit remarquer Olivier, rompant le silence contemplatif.

« Si, j'avoue », répondit Juliette, sentant le désir naître en elle à l'idée de partager un repas avec cet homme fascinant.

« Je t'invite dans un restaurant que je connais bien », annonça Olivier en se levant, prenant doucement la main de Juliette pour l'aider à se lever. Mais il ne la lâcha pas une fois debout, leur contact faisant naître des frissons partout en eux. Ils reprirent leur marche en direction du centre de Gordes, leurs cœurs battant à l'unisson sans qu'ils ne s'en rendent compte.

Ils ne parlaient pas, mais Juliette sentait la main d'Olivier serrer la sienne par moments, comme un langage codé, une communication muette chargée de désir et de complicité. Elle répondait instinctivement en resserrant sa prise, créant ainsi un lien tactile qui les reliait au-delà des mots. Le silence qui les enveloppait était lourd de sensualité, chaque contact entre leurs mains faisant naître des étincelles invisibles

Juliette tourna discrètement la tête vers Olivier. Un sourire éclaira son visage alors qu'il passa la main dans ses cheveux, une onde de désir lui parcourant le creux du ventre.

Elle se surprenait déjà à imaginer comment la journée allait se terminer. Dans ses bras ? Dans son lit ? La perspective de devoir bientôt lui dire au revoir lui serrait le cœur.

« *Je suis exactement là où je devais être* », se dit-elle pour s'obliger à profiter de l'instant présent.

Ils arrivèrent enfin devant une auberge aux volets blancs, dont la façade de pierre semblait figée dans le temps, un véritable joyau de l'architecture provençale. Olivier poussa la porte avec un sourire charmeur et invita Juliette à le suivre à l'intérieur. Ils s'installaient à une table, baignée par la lueur tamisée des chandelles.

Le propriétaire de l'auberge, un homme au visage buriné par les années mais au regard bienveillant, vint à leur rencontre avec un large sourire, saluant chaleureusement

Olivier comme un vieil ami retrouvé. Juliette se sentait enveloppée par cette atmosphère conviviale. Elle choisit un plat traditionnel qu'Olivier lui avait conseillé, tandis qu'il commandait un vin local dont il vantait les mérites avec enthousiasme, évoquant les saveurs riches et complexes qui éveilleraient leurs papilles à chaque gorgée. L'entendre parler ainsi du vin excita encore un peu plus Juliette. Pendant le repas, Juliette riait aux éclats des histoires farfelues d'Olivier, tandis qu'il écoutait attentivement chacune de ses paroles, accroché à ses lèvres comme s'il ne voulait jamais plus les quitter.

À mesure que la soirée avançait, ils se sentaient pris dans un tourbillon envoûtant, et leurs corps vibraient de cette émotion nouvelle qui semblait les envelopper de sa douceur infinie.

À la fin du repas, Olivier se leva et tendit la main à Juliette, l'invitant à danser au rythme d'une mélodie lente et langoureuse qui résonnait dans l'auberge. Juliette sourit en se rendant compte qu'il s'agissait de la chanson de Cigarettes after sex qu'elle avait en tête le matin même. Ils se laissèrent emporter par la musique, leurs corps se mouvant harmonieusement, leurs regards se perdant dans celui de l'autre comme s'ils étaient seuls au monde.

Juliette sentait que son corps était en feu, consumé par un désir brûlant qui la transportait loin de la réalité. La musique de l'auberge se fondait dans un murmure lointain, les murs semblaient s'estomper dans un halo de désir alors qu'elle se concentrait uniquement sur les traits envoûtants d'Olivier, sur la courbe sensuelle de ses lèvres fines qui promettaient des plaisirs insoupçonnés.

Son esprit s'égara dans un tourbillon de fantasmes ardents, s'imaginant déjà dans le lit d'Olivier, dévorée par ses caresses expertes. Elle sentit ses mains glisser le long de ses cuisses, remontant lentement sa robe avec une lenteur délibérée qui la faisait frissonner. Penché au-dessus d'elle, il écarta ses cuisses avec une autorité douce, sa langue traçant des sentiers de désir brûlant le long de son cou. Puis, d'un geste assuré, il passa sa main entre ses cuisses, exerçant une pression douce sur son clitoris avide. Juliette se cambra instinctivement, offrant son corps, la tête rejetée en arrière, les yeux clos dans l'extase du plaisir. Elle désirait ardemment Olivier, se laissant emporter par ses gestes à la fois tendres et sauvages qui la faisaient vibrer.

Elle avait oublié qu'ils étaient dans un lieu public, déconnectée du monde extérieur. Olivier, conscient de l'effet qu'il avait sur elle, observait son regard devenir flou, sentait son corps se presser contre le sien dans une quête désespérée de contact. Il ressentait son souffle s'accélérer, et lui-même sentait son désir s'intensifier entre ses cuisses.

Olivier avait envie de la plaquer contre l'une des tables de l'auberge, de la posséder là, sur-le-champ. Cependant, un serveur, les observant avec insistance, le rappela brutalement à la réalité. Ils étaient les derniers clients. Jetant un coup d'œil à la pendule murale, Olivier constata qu'il était 1 heure du matin, bien plus tard que l'heure habituelle de fermeture. Un sourire complice de l'aubergiste derrière le bar confirma qu'ils pouvaient prolonger leur intimité encore un peu.

Dans un geste tendre, Olivier déposa un baiser sur le front de Juliette, la tirant doucement de son état de transe sensuelle. « Ça ferme, il faut partir », murmura-t-il à regret, sentant la tristesse teinter la lueur de désir dans les yeux de Juliette.

Alors qu'ils se tenaient devant l'établissement, Olivier

prit doucement la main de Juliette et lui demanda où elle logeait. Elle lui donna le nom de l'hôtel, un frisson d'excitation parcourant son corps à l'idée de prolonger cette soirée en sa compagnie. Arrivés devant l'hôtel, Juliette sentait son cœur battre la chamade, mêlant l'excitation à une pointe de tristesse.

Elle lui proposa timidement de monter chez elle, mais Olivier hésita un instant, se retournant pour lui montrer une voiture noire à quelques mètres seulement. "C'est drôle, dit-il. Ce matin je me suis garé juste là, comme pour être sûr de te raccompagner ce soir ».

Juliette, tendue mais désireuse, lui redemanda s'il voulait monter. Son regard intense et son étreinte autour de sa taille la firent frissonner.

« C'était une journée magique, murmura-t-il en glissant sa main dans son portefeuille pour en sortir une carte de visite et la glisser dans la main de Juliette. J'aime te faire languir », ajouta-t-il, approchant ses lèvres des siennes. Un sourire espiègle étira les lèvres de Juliette, aimant ce jeu de séduction torride.

Après quelques instants, elle lui murmura à l'oreille qu'elle le rappellerait très bientôt, puis l'embrassa doucement dans le cou. Il la serra très fort dans ses bras avant de se détacher et partir sans un mot en direction de sa voiture. Elle resta là, le regardant démarrer, le priant silencieusement de faire demi-tour. Mais il s'éloigna et disparut au bout de la rue.

***

Depuis deux semaines, Juliette et Olivier s'appelaient tous les jours. Chaque conversation, chaque échange d'idées, semblait intensifier leur désir réciproque. Derrière chaque mot échangé, il y avait cette pulsion sous-jacente, ce désir qui brûlait.

Encore deux jours avant qu'Olivier ne rejoigne Juliette pour un week-end tant attendu. L'anticipation montait en flèche, chacun d'eux ressentant un mélange enivrant d'excitation et d'appréhension. Ce week-end promettait d'être l'occasion où leurs corps et leurs âmes se rejoindraient enfin, dans un ballet passionné d'émotions et de désirs inassouvis.

Cette nuit-là, le son strident du téléphone vint briser le silence. Juliette, plongée dans un sommeil agité, fut arrachée à ses rêves par l'insistance de la sonnerie. Ses mains tremblantes cherchèrent l'appareil dans l'obscurité, une vague d'appréhension s'emparant d'elle avant même qu'elle ne porte le combiné à son oreille.

« Allo ? ». Sa voix était enrouée, trahissant son intrusion soudaine dans le monde éveillé.

« Bonjour, je suis désolé de vous réveiller, mais je suis le Docteur Martin de l'Hôpital Saint-Louis. Vous êtes bien proche de Monsieur Olivier Dupont ? ». La voix de l'autre côté du fil était professionnelle, mais teintée d'une gravité qui fit instantanément accélérer le pouls de Juliette.

« Oui, c'est moi... Qu'est-ce qu'il s'est passé ? Est-ce qu'il va bien ? ». Les mots s'échappaient de ses lèvres, un mélange de peur et d'espoir colorant chaque syllabe.

Il y eut une pause, un moment suspendu qui sembla s'étirer à l'infini. « Je suis vraiment désolé de vous annoncer cela par téléphone, mais Olivier a été impliqué dans un accident de la route très grave. Il est actuellement à l'hôpital, dans un état critique. Nous faisons tout notre possible, mais je dois vous dire que... sa situation est très précaire. Il serait préférable que vous veniez le plus rapidement possible. »

Le monde de Juliette bascula. Les mots du docteur résonnaient dans sa tête, se répétant en un écho déformé. Accident. Critique. Précaire. Chaque terme était un coup porté à son cœur, chaque pause une éternité de douleur.

« Je... j'arrive tout de suite. » Sa propre voix lui semblait lointaine, comme si elle parlait à travers un voile de brume. Raccrochant le téléphone, elle resta un moment immobile, son esprit en proie à une tempête d'émotions indescriptibles. La réalité de la situation la frappa de plein fouet, chaque battement de son cœur un rappel lancinant de l'urgence et de la peur qui la submergeaient.

Se levant d'un bond, Juliette se précipita à travers la pièce plongée dans l'obscurité, ses gestes mécaniques alors qu'elle s'habillait à la hâte. Chaque seconde semblait cruciale, chaque instant d'hésitation une éternité perdue. L'air nocturne glacial la frappa de plein fouet lorsqu'elle ouvrit la porte, mais elle ne sentit rien d'autre que l'urgence brûlante de rejoindre Olivier, de le voir, de tenir sa main, de lui murmurer que tout irait bien, même si elle-même n'en était pas convaincue.

La voiture démarra avec un grondement, écho lointain du tumulte qui ravageait son intérieur. Les rues désertes défilaient à toute vitesse, chaque feu rouge une torture, chaque ralentissement un supplice. Juliette était seule avec ses pensées, ses peurs, et l'amour indéfectible qu'elle portait à Olivier. La douceur de l'aube n'avait pas encore effacé les ombres de la nuit pendant que Juliette se remémorait sa rencontre avec Olivier, les heures passées au téléphone, chaque sourire échangé, chaque parole doucement murmurée qui semblait s'être gravé dans son âme avec une précision chirurgicale. Ils n'avaient fait que s'effleurer du bout des doigts sur le chemin de la vie, mais cet effleurement avait résonné en elle comme une promesse d'avenir, un futur riche de possibilités et d'aventures partagées. Mais Juliette ne pouvait s'empêcher de sentir le poids d'un futur qui s'assombrissait à grande vitesse. Comment quelque chose d'aussi fort pouvait-il être menacé si soudainement, si cruellement ? La vie leur avait offert un aperçu du bonheur, pour aussitôt menacer de le leur arracher. La douleur qu'elle ressentait était disproportionnée à la brièveté de leur histoire, et pourtant, elle ne pouvait nier la profondeur de son désarroi, ni l'intensité de sa peur à l'idée de perdre Olivier avant même d'avoir eu la chance d'explorer ce que leur avenir aurait pu être.

Tandis que les premiers rayons du soleil perçaient timidement l'horizon, Juliette se raccrochait à un fil d'espoir, aussi ténu soit-il. Peut-être que, contre toute attente, le destin leur accorderait une seconde chance. Peut-être que la vie, dans sa grande indifférence, leur offrirait une possibilité de reprendre là où ils s'étaient arrêtés. Mais pour l'instant, tout ce qu'elle pouvait faire était de continuer à avancer, traversant les ombres de l'aube en direction d'Olivier.

Quelques minutes plus tard, dans le silence stérile du couloir de l'hôpital, sous la lumière blafarde des néons, Juliette se tenait immobile, son regard fixe se perdant dans le vide. Le médecin venait de lui annoncer qu'Olivier était en état de mort cérébrale. Les mots du médecin flottaient autour d'elle, des fantômes de syllabes qui refusaient de se matérialiser en une réalité compréhensible. Mort cérébrale. Chaque lettre était un coup de marteau sur l'échafaudage fragile de son espoir, démolissant méthodiquement les rêves qu'elle avait commencé à tisser autour d'Olivier. Il était là, quelque part derrière ces portes battantes, allongé dans un lit qui n'était plus le sien, dans un monde entre la vie et quelque chose d'infiniment plus sombre, plus définitif. Les mots semblèrent se dissoudre dans l'air avant même d'atteindre pleinement sa conscience. Son monde, un instant auparavant plein de possibilités, s'effondrait brusquement, laissant place à un abîme d'incrédulité.

Juliette sentit ses genoux faiblir, la froideur du carrelage sous ses pieds semblant être le seul rappel qu'elle était encore debout.

« Est-ce qu'il y a…. est-ce qu'il y a une chance qu'il... ? » Sa voix s'étrangla sur les mots, chaque syllabe un effort surhumain pour tenter de repousser l'obscurité qui menaçait de l'engloutir.

Le médecin, un homme au visage marqué par des années de nouvelles difficiles, posa une main douce sur son épaule.

« Je suis profondément désolé, murmura-t-il, ses yeux reflétant une compassion qui faisait autant mal que le message qu'il portait. Nous avons fait tout ce que nous pouvions. À ce stade, c'est... c'est une question de décisions à prendre concernant... les prochaines étapes. »

Les "prochaines étapes". Juliette frissonna à ces mots, leur finalité implacable résonnant dans le couloir désert, se heurtant aux murs froids et aux portes closes. Il n'y avait plus de prochaines étapes. Pas pour Olivier. Pas pour les rêves non réalisés, les mots non-dits, les matins qu'ils ne verraient jamais ensemble.

Un torrent de larmes menaçait de briser les digues qu'elle avait érigées autour de son cœur, mais elle refusait de les laisser couler. Pas ici. Pas dans ce couloir où chaque écho semblait un requiem pour les âmes perdues trop tôt. Elle hocha la tête, un geste mécanique, vide de tout sauf d'une acceptation forcée.

« Merci », articula-t-elle, sa voix brisée par le poids de sa peine. Se détournant lentement du médecin, elle s'avança vers la salle d'attente, chaque pas un effort monumental. Autour d'elle, l'hôpital continuait de vivre, indifférent à la petite tragédie qui se jouait en son sein. Des vies étaient sauvées, des batailles gagnées et perdues, mais pour Juliette, le monde s'était réduit à ce couloir, à cette nouvelle qui avait dérobé son futur avant même qu'il n'ait pu commencer.

Dans la solitude de la salle d'attente, sous le crépitement intermittent des néons, Juliette permit enfin aux larmes de couler, un hommage silencieux à ce qui aurait pu être et qui, maintenant, ne serait jamais.

2

La nuit s'étendait sur Paris, enveloppant ses rues animées d'un voile de mystère et de promesses. Dans un des appartements de la ville, les lumières tamisées et les rideaux de soie donnaient à l'atmosphère une touche de sensualité. Dans le salon baigné d'une lueur dorée, se tenait une créature de la nuit, d'une beauté à couper le souffle. Ses longs cheveux brillants et ses yeux émeraudes capturaient le regard de tous ceux qui croisaient son chemin. Derrière son apparence envoûtante se cachait un cœur brisé, qu'elle avait décidait de finir de détruire en le brûlant dans un feu ardent qui consumerait son âme.

Ce soir-là, Juliette avait décidé d'explorer de nouveaux horizons en cédant à ses pulsions les plus profondes, de s'abandonner aux plaisirs de la chair sans retenue ni inhibition. Elle avait tout planifié pour plonger sans réserve dans les tentations de la nuit. La voix discrète de la raison, qui avait longtemps tenté de la retenir de ce monde de plaisirs fugaces, s'était tue pour laisser place à des soupirs de plaisir. Elle avait invité quelques personnes triées sur le volet, des âmes aussi avides de sensations nouvelles qu'elle-même, pour une soirée qui s'annonçait mémorable à bien des égards.

Alors que la musique envoûtante emplissait la pièce de son rythme langoureux, Juliette se laissa emporter par le tourbillon de la danse, son corps ondulant au gré des notes comme une feuille emportée par le vent. Chaque mouvement la rapprochait un peu plus de l'extase ultime qu'elle recherchait. Au bout de trois ans de solitude, elle avait décidé de renaître. Son cœur battait la chamade alors que l'homme s'approchait d'elle, son regard intense lui promettant des plaisirs insoupçonnés. Le feu de la passion qui brûlait déjà en elle s'intensifiait à chaque pas qu'il faisait dans sa direction. Il était grand, ses cheveux bruns encadraient un visage séduisant, et son sourire en coin lui annonçait des expériences inoubliables.

Sans un mot, il prit sa main et l'entraîna dans un coin sombre de la pièce. Les mains de l'homme parcouraient son corps avec une assurance enivrante, réveillant chaque parcelle de sa peau dans un frisson délicieux. Juliette se laissa emporter par la passion dévorante qui la consumait, oubliant le chagrin qui pesait sur son cœur depuis la perte d'Olivier. Dans cette étreinte passionnée, elle trouva un refuge temporaire, un moyen d'échapper à la douleur qui la rongeait. Elle se laissa emporter par le tourbillon de la luxure, explorant des plaisirs jusqu'alors inconnus, se livrant corps et âme à cet homme mystérieux.

Bientôt, d'autres hommes se joignirent à eux, attirés par la vision envoûtante de Juliette abandonnée à ses désirs les plus profonds. Elle se laissa guider par ses instincts les plus primaires, offrant son corps à ces inconnus pour échapper ne serait-ce qu'un instant à la réalité cruelle qui l'avait frappée.

Dans l'obscurité tamisée de la pièce, Juliette sentait les mains avides des hommes sur elle, explorant chaque courbe de son corps avec une fébrilité dévorante. Leurs touchers étaient à la fois doux et impérieux, caressant ses cuisses, pétrissant ses fesses, et effleurant ses seins avec une intensité troublante. Chaque contact faisait naître en elle un mélange tumultueux de plaisir et de désespoir, une sensation étrange où le feu de la passion se mêlait à la douleur de la perte.

Elle se cambrait sous leurs caresses, cherchant désespérément à combler ce sentiment de vide qui la hantait. Ses sens étaient en éveil, des frissons parcouraient sa peau à chaque contact, tandis qu'elle s'abandonnait à la volupté de l'inconnu.

Des langues audacieuses parcouraient son intimité, explorant chaque recoin avec une ardeur vorace. Elle se laissait emporter par cette déferlante de plaisir, ses gémissements se mêlant au rythme enivrant de la musique qui pulsait dans ses oreilles. Les sensations se mélangeaient, effaçant toute pensée rationnelle de son esprit. Elle ne voulait plus penser, elle voulait juste ressentir. Elle se donnait corps et âme à ces hommes qui semblaient la vénérer autant qu'elle se donnait à eux. Chaque souffle, chaque caresse, chaque baiser la plongeait un peu plus profondément dans l'extase, jusqu'à ce que ses cris de plaisir remplissent la pièce.

Soudain, une main se posa sur ses lèvres, étouffant ses plaintes de jouissance. Cette sensation de domination l'excita davantage, la poussant au bord de l'abîme du plaisir. Dans cet océan de désirs inassouvis, Juliette se laissa emporter par la vague dévastatrice du plaisir, abandonnant son corps et son âme à la passion dévorante qui les enveloppait tous.

Juliette ouvrit les yeux un instant pour apercevoir à

travers une des fenêtres les étoiles qui brillaient dans le ciel nocturne. Elle était prête à tout risquer pour goûter à la douceur enivrante de la liberté absolue.

Au fil des heures, Juliette se retrouva bientôt entourée d'une aura de séduction qui attirait irrésistiblement tous les hommes présents dans la pièce. Elle était la reine de la nuit, la déesse des plaisirs interdits, et elle savourait chaque instant de son règne avec une intensité brûlante.

Quelques heures plus tard, tandis que les derniers invités quittaient l'appartement, Juliette s'étendit sur le lit et prit une profonde inspiration, satisfaite d'avoir pris la décision de suivre son instinct. Quoi qu'il arrive, elle voulait être maître de son destin, architecte de sa propre vie, pour retrouver le bonheur et la plénitude qu'elle désirait tant. Le corps trempé de sueurs, Juliette ferma les yeux et se laissa emporter par le sommeil.

***

En fin de matinée, Juliette s'éveilla avec un mélange d'euphorie et de confusion. Elle sentait quelques douleurs un peu partout alors que les événements de la nuit semblaient flotter dans sa mémoire tels des fragments d'un rêve étrange et enivrant. Elle se redressa lentement dans son lit, laissant son regard errer dans la pièce.

La lumière du soleil, douce et chaleureuse, filtrait à travers les rideaux entrebâillés, caressant les murs de l'appartement de motifs lumineux. Un sentiment de tranquillité enveloppait Juliette, comme si la nuit tumultueuse avait agi comme une thérapie, emportant avec elle les tourments de Juliette, pour un temps au moins. Assise sur le rebord du lit, elle laissa ses pensées vagabonder.

Durant ces trois dernières années, Juliette avait lutté

contre les idées noires. La perte brutale d'Olivier, cet amour intense jamais vécu, l'avait plongée dans un abîme de désespoir.

Dans son immense chagrin, Juliette aurait tout donné pour trouver un moyen de faire savoir ses sentiments à Olivier, pour lui exprimer combien elle aurait voulu vivre une merveilleuse relation avec lui. Elle aurait tant souhaité qu'il la quitte autrement que par la mort. Si seulement il l'avait trompée et quittée pour une autre, une Clara par exemple, au lieu d'être ce potentiel parfait amour qui lui avait été si cruellement arraché. Les médiums qu'elle avait consultés lui avaient offert des réponses diverses et contradictoires : certains lui avaient assuré que de là où il était, Olivier veillait sur elle, tandis que d'autres affirmaient qu'il n'avait pas souffert et qu'elle devait l'oublier, que leur amour aurait sans doute échoué de toute façon. Certains avaient même prétendu qu'il l'aimait toujours, qu'il l'aimerait toujours, et qu'ils se retrouveraient dans une autre vie.

Juliette avait réclamé des signes, des preuves tangibles de la présence d'Olivier dans sa vie. On lui avait dit que trouver une plume était un signe, tout comme un caillou en forme de cœur. Mais ces petits symboles ne lui suffisaient pas. Elle voulait plus. Elle voulait le voir, l'entendre, sentir son odeur, écouter sa voix. Elle avait passé des heures à appeler son répondeur, juste pour entendre le son de sa voix une fois de plus.

Elle avait ensuite commencé à consulter des psys. L'un d'eux l'avait encouragé a arrêté d'appeler le répondeur d'Olivier. Alors dans un acte de volonté douloureux, elle s'était forcée à effacer son numéro, cherchant désespérément à tourner la page sur cet amour perdu. Et malgré les innombrables rendez-vous chez différents psys, les tonnes d'antidépresseurs ingurgités, les groupes de paroles auxquels elle avait participé, rien n'avait vraiment réussi à apaiser sa douleur. L'acceptation semblait hors de portée, alors l'oubli devenait son refuge.

Après quelques semaines d'arrêt, elle avait repris le travail, y passant encore plus de temps que d'habitude. Ce n'était plus dans l'optique de réussir à charmer Marc. D'ailleurs elle avait même fini par coucher avec lui. Ce n'était même pas elle qui l'avait cherché ; quand Clara avait démissionné, il avait jeté son dévolu sur elle. Il l'avait invité à passer un weekend dans un hôtel 4 étoiles réputés. Ce moment aurait dû être le point culminant de ses fantasmes, une explosion d'anticipation et de désir. Elle avait imaginé son patron séducteur, mystérieux, sauvage... Elle n'avait pris aucun plaisir, il était nul au lit.

Le lendemain, lorsqu'ils s'étaient retrouvés au travail, ils étaient devenus comme deux étrangers. La tension sexuelle qui avait plané entre eux auparavant avait été remplacée par un froid silence, chacun évitant le regard de l'autre, se contentant d'échanges professionnels distants.

Les longues heures passées au travail la plongeaient invariablement dans une fatigue qui étouffait toute réflexion. Son esprit était constamment obsédé par les factures, les chiffres, et elle fonctionnait comme un robot, ne se souciant pas de comprendre les tenants et les aboutissants. Elle se contentait d'exécuter les tâches demandées, sans jamais s'interroger sur le pourquoi du comment, ni même sur le destinataire final. Parfois, certains documents lui semblaient suspects, mais elle les traitait néanmoins, rentrait chez elle pour dormir, puis reprenait le même cycle le lendemain.

Le week-end, lorsqu'il arrivait enfin, l'alcool offrait parfois un répit temporaire, mais surtout, il y avait le sexe.

À force de différentes rencontres, elle avait réalisé que les expériences sexuelles les plus torrides lui apportaient un soulagement tant physique que mental. Enchaîner les rencontres ne suffisait plus, alors elle avait commencé à explorer plusieurs relations en même temps, jusqu'à organiser la nuit dernière.

Se levant lentement de son lit, elle se dirigea vers la fenêtre et contempla la ville qui s'étendait à perte de vue sous ses yeux. Les rues grouillaient comme une fourmilière. Elle savait que les événements de la veille allaient laisser des traces profondes et elle se demandait ce que l'avenir lui réservait, maintenant qu'elle avait franchi cette frontière vers l'inconnu. Juliette se détourna de la fenêtre et se dirigea d'un pas décidé vers la salle de bain, pour affronter le premier jour du reste de sa vie.

3

Le soleil était déjà haut dans le ciel lorsque Juliette quitta son appartement. Elle était contente d'avoir programmé cette journée de repos pour se remettre de sa nuit torride, ses cuisses lui faisaient un peu mal. Malgré cela, après avoir enfilé une jupe fendue qui laissait voir ses jambes fuselées, elle avait décidé de se promener. Alors qu'elle déambulait dans les rues bondées, elle repensait à sa nuit. L'ombre du doute, qu'elle pensait avoir anéanti, planait dans son esprit. Pourquoi les mêmes questions tournaient toujours en boucle dans sa tête ? Avait-elle pris la bonne décision en succombant à la tentation ?

Juliette se sentait à la fois excitée et troublée par sa découverte du monde des orgies. Pour elle, ces expériences extrêmes étaient libératrices, une échappatoire nécessaire pour oublier son traumatisme. Mais en même temps, elle craignait les mauvaises rencontres et redoutait de ne pas assumer complètement son choix. Le poids du secret qu'elle gardait vis-à-vis de ses proches pesait lourdement sur elle. Que se passerait-il si l'un de ses partenaires d'une nuit décidait de répandre la nouvelle de ses escapades ? Comment réagiraient ses proches ?

Ces questions-là tourmentaient, car elle ne pouvait

s'empêcher de se demander si cette vie de débauche compromettrait ses chances de trouver une relation sérieuse. Elle se força à chasser cette idée de son esprit, après tout, les relations d'une nuit sans attaches n'étaient-elles pas la solution pour éviter la douleur d'une rupture, voulue ou subie ?

Perdue dans ses pensées, Juliette ne remarqua pas l'homme qui s'approchait d'elle. Ce n'est que lorsqu'elle le percuta et qu'il posa ses mains sur ses épaules qu'elle prit conscience de sa présence. Surprise, elle le dévisagea. Elle connaissait cet homme, elle l'avait déjà vu, mais où ? La vieille ? Son esprit tenta désespérément de remonter le fil des souvenirs, mais rien ne venait.

« Juliette, nous devons parler », commença-t-il d'une voix calme, presque trop calme pour être réconfortante.

« Qui êtes-vous ? » demanda-t-elle, tentant de dissimuler son trouble derrière un masque d'indifférence.

L'homme esquissa un sourire énigmatique, ce qui ne fit qu'accroître le malaise de Juliette. Elle fit instinctivement un pas en arrière pour qu'il la lâche.

« Adam, répondit-il enfin. Son regard ne la quittant pas un instant. Juliette, vous êtes sur le point de vous engager sur un chemin dangereux, un chemin dont vous pourriez regretter les conséquences »

Juliette était interloquée, ne parvenant toujours pas à se souvenir exactement de comment elle connaissait cet homme. Son visage lui était familier, mais son nom n'évoquait rien. Le plus logique, c'est qu'il faisait partie des invités de la nuit. Pourtant, elle avait elle-même sélectionné les personnes, et elle ne se souvenait pas de lui.

« Où voulez-vous en venir ? demanda Juliette.

- Les événements récents. Ne vous impliquez pas trop,

protégez-vous. »

Fermant les yeux un instant, Juliette laissa son esprit se calmer, ses pensées se clarifier. Puis elle parla d'une voix calme et déterminée :

« Je vous remercie de votre mise en garde, Adam. Mais je dois suivre mon propre chemin. J'ai envie de prendre risques, même s'ils peuvent sembler insensés aux yeux des autres.

- Très bien, Juliette. Mais souvenez-vous, vous seule êtes responsable de vos actes. Ne perdez jamais de vue qui vous êtes vraiment, même lorsque les ténèbres menacent de vous engloutir », dit lentement Adam en hochant la tête.

Juliette détourna le regard pour faire comprendre à Adam qu'elle ne souhaitait pas poursuivre cette conversation, alors sans un mot ce dernier se détourna et s'éloigna à son tour. Et quand Juliette le chercha des yeux, il avait disparu dans la foule comme s'il n'avait été qu'un mirage, une apparition éphémère destinée à la mettre en garde contre les dangers d'un chemin périlleux. Juliette reprit sa promenade et se retrouva bientôt le long des quais de la Seine. Ses pensées s'entrechoquaient dans un tumulte d'émotions et de réflexions. Le doute qui avait plané sur elle depuis le lever du jour semblait s'être cristallisé en une décision ferme, une résolution qui, malgré les incertitudes, la faisait se sentir plus enracinée dans sa propre existence.

Les douleurs dans les cuisses de Juliette se réveillèrent soudainement, l'incitant à se diriger vers la terrasse d'un café. Alors qu'elle s'installait, une voix familière l'interpella : « Juliette ! Eh, Juliette ! »

Elle tourna la tête et vit son voisin, Max, qui lui faisait signe. Depuis plusieurs mois, il avait emménagé dans l'appartement à côté du sien. Intriguée, Juliette lui répondit par un sourire chaleureux et lui montra la chaise près d'elle. Il s'installa avec enthousiasme.

« Bonjour, Juliette, dit-il d'une voix douce. Je ne vous ai pas vue depuis un moment. Comment allez-vous ?

- Bonjour, Max, répondit-elle avec un sourire. Je vais bien, merci. Et vous ?

- Je vais bien, merci. Ça fait un moment que je pensais vous inviter à prendre un café. On se croise souvent dans l'ascenseur sans prendre le temps de faire connaissance. Alors, ça tombe à pic... »

Juliette hocha la tête avec un sourire charmeur.

« Alors, que faites-vous dans la vie ? » demanda-t-elle d'une voix douce, cherchant à intensifier la tension entre eux tandis que Max la dévorait des yeux, captivé par le regard envoûtant de Juliette.

« Je suis agent immobilier, répondit Max. Je m'occupe de la vente et de la location de biens immobiliers dans le quartier. Et vous ?

- Je suis comptable dans une petite entreprise locale, expliqua Juliette. Je m'occupe principalement des finances et de la comptabilité des petites entreprises du coin.

- Intéressant », dit Max en hochant la tête, sentant le désir monter en lui. « Et vous êtes mariée ? » poursuivit-il, ses yeux brûlants de désir.

Juliette inclina légèrement la tête, un sourire coquin aux lèvres.

« Non, je suis célibataire et sans enfant, répondit-elle d'une voix sensuelle. Et vous ?

- Je suis divorcé, avoua Max, sentant l'électricité crépiter entre eux. J'ai une petite fille que je vois pendant les vacances. Elle habite avec sa mère, à Orléans. »

Max était drôle et elle avait le sentiment de pouvoir se

confier à lui facilement. La conversation continua ainsi, empreinte de sous-entendus et de regards brûlants. Max avait les cheveux châtain clair et des yeux aussi verts que les siens. Juliette le trouvait irrésistible, et elle était ravie qu'il l'ait interpellée.

« Dites-moi, hier soir, vous étiez chez vous ? » demanda Juliette d'une voix douce, ses pensées se tournant vers les fantasmes les plus audacieux.

« Ah non, j'étais en déplacement. Pourquoi ? » répondit Max, captivé par sa sensualité.

« J'ai organisé une petite fête... J'espérais ne pas vous avoir dérangé », murmura-t-elle, ses lèvres effleurant presque son oreille.

« J'espère que je serai invité la prochaine fois ? » dit-il avec un sourire suggestif, sentant le désir monter en lui.

Juliette ne put s'empêcher de rire doucement. « Avec plaisir », répondit-elle en laissant planer le mystère de leurs désirs inassouvis.

Au bout d'un moment, Max dut partir reprendre son travail. Ils se quittèrent avec le sentiment qu'une relation très agréable était en train de naître entre eux, leur connexion étant aussi naturelle qu'évidente

.

4

Le lendemain matin, Juliette s'éveilla avec une étrange sensation d'excitation mêlée à une pointe d'appréhension. Alors qu'elle se préparait pour aller au travail, son esprit ne cessait de vagabonder vers Max. Les souvenirs du flirt de la veille la faisaient frissonner de désir, et elle était curieuse de savoir ce qu'il ressentait pour elle. Étant en avance, elle ne put s'empêcher de lui rendre une visite rapide.

Elle prépara rapidement deux cafés, la vapeur s'échappant avec un parfum enivrant, et se dirigea vers la porte de son voisin. Arrivée devant celle-ci, Juliette hésita un instant avant de frapper. Elle se demandait s'il serait heureux de la voir, si elle allait le déranger. Finalement, elle prit une profonde inspiration et frappa à la porte, attendant anxieusement une réponse.

Quelques instants plus tard, la porte s'ouvrit lentement, laissant apparaître le visage souriant de Max. Son regard intense la parcourut de haut en bas, semblant la déshabiller mentalement, faisant naître en elle un frisson délicieux.

« Juliette ! dit-il avec surprise, son regard brûlant d'une lueur de désir. Quelle agréable surprise de te voir ! Entre, je t'en prie. »

Juliette entra dans l'appartement de Max, sentant une

bouffée de chaleur l'envahir à la vue de son sourire accueillant. Son regard se posa sur lui, vêtu d'une chemise bleue qui mettait en valeur sa silhouette virile, et elle eut envie de la lui arracher pour découvrir ce qui se cachait en dessous.

« Max, commença-t-elle d'une voix langoureuse, ses yeux brûlant d'une passion contenue. Je voulais te parler de quelque chose. »

Max l'observa avec attention, son regard empreint d'une curiosité douce. « Bien sûr Juliette, répondit-il doucement, sa voix rauque faisant naître en elle un désir brûlant. Je t'écoute. »

Juliette s'approcha lentement de lui, sentant son cœur battre la chamade à mesure qu'elle se rapprochait. Leurs corps étaient maintenant si proches qu'elle pouvait sentir la chaleur de son souffle sur sa peau, faisant naître en elle des sensations électrisantes.

« Je crois que je ressens quelque chose de spécial pour toi, je ne sais pas exactement ce que c'est, mais... » murmura-t-elle, ses lèvres effleurant presque les siennes. Elle se mordilla machinalement la lèvre inférieure, sentant le désir monter en elle.

Max passa son bras autour de la taille de Juliette, la pressant contre lui avec fermeté. Leurs corps se frôlèrent, créant une friction délicieuse qui les fit trembler d'excitation.

« Depuis le moment où je t'ai rencontrée, je savais que tu étais spéciale, que tu avais quelque chose d'unique qui m'attirait irrésistiblement », murmura-t-il, ses yeux pétillants de désir.

Les mots de Max firent battre le cœur de Juliette plus fort encore, son corps frissonnant sous ses caresses enivrantes.

Dans le doux silence de l'appartement qui les enveloppait, Max et Juliette échangèrent un baiser sensuel, leurs lèvres s'unissant dans une danse passionnée et langoureuse.

La sonnerie du téléphone brisa ce moment intense. Surpris par l'appel inattendu, Max se précipita pour répondre, tandis que Juliette le regardait avec curiosité, se demandant qui pouvait bien les contacter à cette heure matinale. Max décrocha le combiné, son expression se transformant rapidement en une moue soucieuse alors qu'il écoutait attentivement l'interlocuteur au bout du fil. Juliette remarqua aussitôt le changement dans son attitude.

« Oui, je comprends, dit Max d'une voix calme, bien que légèrement tendue. Je serai là dès que possible. »

Il raccrocha ensuite le téléphone et se tourna vers Juliette, son regard empreint d'une profonde préoccupation.

« Ça tombe mal mais je vais devoir aller plus tôt que prévu au travail », expliqua-t-il, son ton empreint de regret.

Juliette posa son regard sur l'horloge murale du salon, il était de toute façon temps pour elle de se mettre en route également.

« Aucun problème, moi aussi j'y vais. J'espère qu'on pourra reprendre cette conversation rapidement », ajouta-t-elle avec un clin d'œil suggestif.

Max l'attira à lui en l'attrapa pas les hanches et l'embrassa avec passion.

« J'y vais avec regret, crois-moi », murmura-t-il ses yeux brûlant d'une lueur d'envie. Il se détacha d'elle avec une moue complice. Se hâtant de se préparer, Max attrapa rapidement ses affaires, tandis que Juliette le regardait avec un mélange de désir et de frustration. Ils se dirigèrent ensemble vers la porte pour sortir de l'appartement, leurs corps se frôlant dans une tension électrique.

« Je te promets qu'on va remettre ça dès que possible », assura-t-il en se tournant vers Juliette. Ils échangèrent un dernier baiser passionné, leurs langues se mêlant dans une danse ardente, Max profitant de l'occasion pour passer ses mains sur les courbes de Juliette avec une audace délicieuse.

Puis, avec un dernier regard chargé de désir, Max se dirigea vers la sortie tandis que Juliette retourna prendre son sac à main pour partir à son tour, son esprit tourbillonnant de désirs inassouvis.

****

Lorsque Juliette rentra chez elle, elle décida de profiter pleinement de ce moment de solitude : elle s'abandonna dans un fauteuil confortable, laissant ses mains caresser son propre corps, explorant chaque courbe avec une délicatesse sensuelle. Des souvenirs de la nuit tumultueuse récente envahissaient son esprit, en plus de son étreinte avec Max, semblaient laisser des marques brûlantes sur sa peau.

Alors que Juliette se laissait emporter par ses fantasmes les plus torrides, elle sentit une chaleur familière envahir son être, une douce sensation de plaisir qui montait lentement en elle, faisant battre son cœur plus fort. Avec Max, elle avait trouvé une connexion profonde, un lien charnel qui la transportait vers des sommets de jouissance inexplorés.

Juliette, submergée par ses pulsions incontrôlables, décida de s'offrir une escapade dans un bar animé qu'elle connaissait bien, un endroit où le son enivrant de la musique et l'ambiance électrique lui procureraient un réconfort bienvenu. Elle avait besoin de s'évader, de se perdre dans la foule et de laisser ses pensées s'égarer.

Dès qu'elle franchit les portes du bar, une vague de chaleur l'enveloppa, mêlée au bourdonnement joyeux des conversations et aux rires qui résonnaient dans l'air. Elle se fraya un chemin à travers la foule, cherchant un coin où elle pourrait s'installer et se laisser emporter par le spectacle.

Une fois confortablement installée sur un tabouret au bar, Juliette laissa son regard errer à travers la pièce, captivée par la diversité des visages et des personnalités qui peuplaient l'endroit. C'est alors qu'elle remarqua une femme fascinante, assise seule à une table à quelques pas de là.

La jeune femme dégageait une aura exotique, avec ses traits délicats et ses yeux pétillants qui semblaient plonger au plus profond de l'âme de Juliette. Elle était vêtue d'une robe élégante qui épousait parfaitement sa silhouette gracieuse, et un sourire mystérieux ourlait ses lèvres pulpeuses.

Juliette sentit son cœur battre la chamade à la vue de cette beauté envoûtante, une étrange sensation de fascination et de curiosité l'envahissant peu à peu. Elle se surprit à détourner le regard, sentant une pointe de nervosité l'envahir à l'idée de s'approcher de cette inconnue séduisante. Pourtant, quelque chose en elle la poussait à agir, à franchir le pas et à engager la conversation avec cette mystérieuse étrangère. Rassemblant son courage, Juliette se leva de son siège et s'approcha lentement de la table où était assise la belle Italienne, son cœur battant la chamade dans sa poitrine.

« Bonsoir, dit-elle d'une voix douce, son regard plongé dans celui de la jeune femme. Puis-je me joindre à vous ? »

L'italienne leva les yeux vers Juliette, son regard pétillant d'une lueur espiègle. Un sourire charmeur étira ses lèvres, révélant une rangée de dents blanches étincelantes.

« Bien sûr, Bella ! », répondit-elle d'une voix douce et mélodieuse, invitant Juliette à s'asseoir à la table à côté d'elle.

Juliette sentit son pouls s'accélérer alors qu'elle prenait place en face de l'italienne, submergée par une vague d'excitation mêlée à une pointe d'appréhension. Elle se demandait quelles étaient les intentions de cette femme séduisante, et si elle était prête à se laisser emporter par le tourbillon de passion et de désir qui semblait l'entourer.

« Je m'appelle Sofia, se présenta l'italienne, offrant sa main à Juliette. Et vous, comment vous appelez-vous ?

- Moi je m'appelle Juliette, répondit cette dernière, serrant la main de Sofia avec une chaleur reconnaissante. C'est un plaisir de vous rencontrer. »

Le contact de la peau de Sofia contre la sienne envoya un frisson le long de l'échine de Juliette, faisant naître en elle une sensation de bien-être et d'excitation qui la laissa sans voix. Elle se sentait attirée par cette femme mystérieuse d'une manière qu'elle n'avait jamais connue auparavant, une attraction magnétique qui semblait transcender les frontières de l'espace et du temps.

Alors qu'elles engagèrent la conversation, Juliette se rendit compte que Sofia était non seulement belle, mais aussi intelligente et spirituelle. Cette beauté était mannequin, ce qui n'étonna pas Juliette.

Dans l'obscurité enivrante du bar, Juliette et Sofia étaient captivées l'une par l'autre. Elles se levèrent pour danser et leurs corps se frôlaient au rythme de la musique, créant une tension électrique entre elles. Sofia, avec son allure sensuelle et son regard brûlant, attisait le feu qui couvait en

Juliette.

Leurs mouvements étaient synchronisés, leurs corps se mouvant dans une danse hypnotique, leurs souffles s'entremêlant dans l'air chargé de désir. Les autres personnes dans le bar ne pouvaient détacher leurs yeux de ce spectacle envoûtant, conscientes de la passion qui brûlait entre ces deux femmes.

Les mains de Juliette effleuraient les courbes de Sofia tandis que Sofia répondait avec des caresses suggestives qui faisaient monter la température autour d'elles. Leurs regards se croisaient dans une intensité brûlante, échangeant des promesses muettes de plaisir et de désir.

La musique pulsait dans leurs veines, amplifiant leurs sensations et les transportant dans un tourbillon de passion. Les corps de Juliette et Sofia étaient attirés l'un vers l'autre comme des aimants, leur union était magnétique, laissant tous les regards rivés sur elles.

Alors que la soirée touchait à sa fin et que Juliette et Sofia se préparaient à quitter le bar, Juliette sentit une bouffée d'excitation l'envahir à l'idée de passer un peu plus de temps avec cette femme séduisante. Elle se tourna vers Sofia avec un sourire radieux.

« Sofia, ça te dirait de venir prendre un dernier verre chez moi ? » proposa-t-elle, son cœur battant la chamade dans sa poitrine.

Le visage de Sofia s'illumina d'un sourire espiègle, ses yeux pétillants d'une lueur d'anticipation.

« Je ne dirais pas non à un peu plus de temps en ta charmante compagnie ! » répondit-elle. Elles quittèrent donc le bar ensemble, se dirigeant vers l'appartement de Juliette, leur conversation animée remplissant l'air de rires et de taquineries.

Alors qu'elles approchaient de la porte d'entrée de la résidence, Juliette sentit son cœur s'emballer en découvrant une silhouette familière se tenant sur le pas de la porte. C'était Max, son voisin, qui semblait l'attendre avec une expression mêlée de surprise et d'inquiétude, sa cigarette se consumant rapidement entre ses doigts tremblants. Une bouffée d'anxiété s'empara de Juliette à la vue de Max.

« Max, que fais-tu ici ? » demanda-t-elle d'une voix hésitante, son esprit tourmenté par les différentes possibilités de ce que Max pourrait avoir à lui dire.

« Juliette, est-ce que je peux te parler ? » demanda-t-il d'une voix grave, son regard scrutant le visage de Juliette avec une intensité troublante.

Juliette se sentit prise au dépourvu, se demandant ce qui pouvait bien préoccuper Max à ce point. Elle se retourna vers Sofia, cherchant un soutien silencieux, mais elle était surprise de la voir afficher un sourire charmeur et une attitude détendue face à la situation. Elle s'avança vers Max avec une assurance déconcertante et se présenta chaleureusement :

« Salut Max, je m'appelle Sofia. Enchantée de te rencontrer. »

Max sembla agréablement surpris par l'attitude décontractée de Sofia, et un sourire sincère étira ses lèvres tandis qu'il ouvrait la porte de la résidence et la tenait pour laisser passer Juliette et Sofia.

Les trois entrèrent dans l'appartement de Juliette, une atmosphère tendue planant dans l'air alors que Sofia tentait de détendre l'atmosphère avec des blagues légères. Elle demanda avec une aisance naturelle où se trouvait la salle de bain, déclarant qu'elle allait prendre un bain pour laisser Juliette et Max parler tranquillement.

Juliette et Max s'installèrent dans le canapé, et Juliette brûlait d'envie de comprendre ce qui poussait Max à être si préoccupé.

« Alors, que se passe-t-il ? » demanda-t-elle, cherchant à dissiper le mystère qui entourait sa visite impromptue.

Max détourna le regard, semblant chercher ses mots avant de répondre d'une voix hésitante.

« Juliette, il y a quelque chose que tu dois savoir. Il s'avère que... que j'ai découvert quelque chose de troublant à propos de ta boîte de compta. »

Les mots de Max semblaient suspendus dans l'air pendant Juliette ressentait une grande confusion. Elle pensait qu'elle allait devoir affronter une crise de jalousie, pas une conversation sur son travail.

« Il s'avère que mon patron a été informé de certaines irrégularités financières dans une entreprise avec laquelle tu travailles, expliqua-t-il. Et il a entendu dire que ta boîte est dans le collimateur des autorités pour des problèmes d'escroquerie.

- Que veux-tu dire ? » demanda-t-elle très intriguée.

Avant que Max ne puisse répondre, Sofia réapparut dans le salon, vêtue du peignoir de Juliette. Elle se dirigea dans la cuisine d'un pas léger, laissant Juliette désemparée, son esprit tourmenté par les révélations de Max.

« Ce matin, notre patron nous a convoqués pour une réunion rapide, reprit Max, légèrement déconcentré par la présence de Sofia. Il a évoqué le changement de comptable et a mentionné que des allégations d'activités illégales planaient sur ta boîte. J'ai fait quelques recherches, et disons simplement que les choses sont inquiétantes. On parle de transactions douteuses et d'affiliations qui pourraient être problématiques. Tu étais au courant ? »

Juliette resta immobile, elle s'était effectivement posé des questions sur certains documents qu'elle avait vu passer depuis quelques temps. Son patron cachait une facette plus sombre ?

« Des suspicions ? Quel genre de transactions douteuses ? » demanda-t-elle, sa voix trahissant son anxiété.

Sofia les rejoignit avec un plateau de verres remplis de vin. Max échangea un sourire reconnaissant avec Sofia en attrapant un verre.

« Et bien, sans entrer dans les détails techniques, disons que certaines des entreprises avec lesquelles tu travailles semblent être des façades pour des activités moins légales. Et il y a des rumeurs de liens avec des organisations pas très recommandables. Ça me fait peur pour toi, ma belle. »

Juliette frissonna. Ce que Max lui révélait l'inquiétait non seulement pour sa carrière mais aussi pour sa sécurité personnelle. L'idée que son travail puisse être en lien avec des associations criminelles la remplissait de terreur.

« Que suis-je censée faire avec ces informations ? » murmura-t-elle, plus pour elle-même que pour ses amis.

Max posa une main rassurante sur son épaule.

« La première chose à faire est de s'assurer que tu es en sécurité. Ensuite, nous pouvons réfléchir à la meilleure façon de procéder. Peut-être que tu pourrais te mettre en arrêt et contacter les autorités... »

Juliette hocha silencieusement la tête, reconnaissante pour le soutien de Max. Elle savait qu'elle pouvait compter sur lui.

« Je ne pouvais pas attendre pour te le dire. Puis aussi, j'avais très envie de t'embrasser avant de me coucher... » ajouta Max avec un sourire tendre. Il se pencha vers elle et l'embrassa avec fougue. L'espace d'un instant, Juliette oublia la présence de Sofia, qui sirotait tranquillement son verre, installée confortablement dans un fauteuil.

Ils discutèrent encore un peu puis Max quitta l'appartement, laissant Juliette et Sofia seules. Il se faisait très tard, alors Juliette proposa à Sofia de dormir chez elle, ce qu'elle accepta avec plaisir. Le sommeil et le vin l'emportèrent rapidement, tandis que Juliette alla prendre une douche avant de se glisser sous les draps pour une courte nuit.

Le lendemain, Juliette retourna au travail, le cœur battant à tout rompre. Chaque interaction, chaque regard échangé avec son patron, était désormais scruté avec une acuité nouvelle. Elle passa la journée à collecter des documents qui fournissaient des preuves de potentielles activités frauduleuses de l'entreprise. Elle retrouva des factures, des relevés bancaires, des contrats suspects et des emails compromettants... Les gestes étaient minutieux, le cœur battant à tout rompre dans sa poitrine. Elle se sentait à la fois nerveuse et déterminée.

Durant le déjeuner, elle appela un avocat et dans la foulée, rédigea une lettre formelle telle que ce dernier lui avait conseillé pour démissionner. En fin de journée, elle remit sa lettre de démission. Juliette redoutait les questions que son patron pourrait lui poser. Après tout, elle avait passé cinq longues années dans cette entreprise, à jongler avec les chiffres et à observer les moindres détails des opérations financières. Elle avait l'impression que son rôle de détective amateur était devenu transparent, comme si chaque regard porté sur elle révélait ses soupçons et ses découvertes. Mais faisant mine d'être plongé dans ses dossiers, Marc accepta sa démission sans même la regarder.

« Marc, je préfère te prévenir que je vais devoir me mettre en arrêt maladie. Je suis épuisée ces derniers temps.

- D'accord, pas de problème », répondit-il tout en composant rapidement un numéro de téléphone avant de lui tourner le dos pour prendre l'appel.

Un sentiment de soulagement mêlé de tristesse envahit Juliette, qui quitta le bureau de Marc discrètement. Puis elle se dirigea vers son bureau, récupéra quelques affaires personnelles, prête à tourner la page sur cette période tumultueuse de sa vie. Elle prit une dernière inspiration, se promettant de ne plus jamais regarder en arrière, et quitta l'entreprise, prête à commencer un nouveau chapitre de sa vie.

Le jour suivant, elle rencontra son avocat. Après une discussion approfondie sur les risques et les précautions à prendre, Juliette prit la décision de se présenter comme témoin. Finalement, l'enquête fut rapide et aboutit rapidement à l'arrestation de son patron. Cette période fut marquée par l'angoisse et l'incertitude, mais les liens unissant Juliette avec Max se resserrèrent, tout comme sa relation avec Sofia. Un mal pour un bien, pensa-t-elle, tandis qu'elle se tournait vers l'avenir avec un mélange de soulagement et de gratitude.

Juliette se retrouva à la fois soulagée et épuisée, le poids de ses récentes épreuves pesant lourdement sur ses épaules. Elle sentait chaque muscle de son corps tendu, chaque fibre de son être cherchant un soulagement. Max était à Orléans avec sa fille pour le weekend, mais heureusement, Sofia avait répondu présente à l'invitation de Juliette. Elle arriva chargée de sushis délicats et de bouteilles de sake raffiné, apportant avec elle une aura de sensualité subtile.

Elles partagèrent un repas devant un film, l'ambiance

intime et détendue. La tension érotique montait lentement entre elles. Puis, tard dans la soirée, alors que la lueur de la télévision éclairait faiblement la pièce, Sofia posa une question innocente : « Je peux prendre une douche ? » avec un son regard brillant d'une lueur suggestive.

Sans attendre de réponse, elle se leva gracieusement et se dirigea vers la salle de bain, laissant la porte légèrement entrouverte derrière elle. L'image fugace de son corps délicieusement courbé disparut derrière la porte, laissant Juliette avec un battement de cœur précipité et un désir irrésistible qui grondait en elle.

Cependant, lorsque Sofia entra dans la salle de bain sans fermer la porte derrière elle, Juliette ressentit une vague de confusion et d'embarras l'envahir. Elle se demanda pourquoi Sofia n'avait pas pris la peine de fermer la porte.

Juliette se mordilla la lèvre inférieure, sentant une chaleur délicieuse monter en elle alors qu'elle imaginait Sofia se déshabiller de l'autre côté de la porte. Son cœur battait la chamade, son esprit tourbillonnait de pensées et de désirs interdits. Elle se demanda si Sofia avait délibérément choisi de la laisser dans cet état, si elle savait à quel point elle la torturait avec sa proximité troublante.

Des images sensuelles jaillirent dans l'esprit de Juliette, des visions fugaces de peau lisse et de courbes alléchantes. Elle se surprit à imaginer Sofia sous la douche, l'eau ruisselant sur son corps, soulignant chaque contour, chaque courbe provocante. Un frisson d'excitation parcourut son échine alors qu'elle lutta pour refouler ses pensées érotiques.

Elle se demanda si Sofia percevait son désir brûlant à travers la porte entrebâillée, si elle pouvait entendre les battements de son cœur précipités, le frémissement de ses nerfs à fleur de peau. Et si c'était le cas, comment réagirait-elle ? Juliette était partagée entre l'envie irrépressible de se rapprocher de Sofia et la crainte paralysante de se faire repousser, de se voir révéler son désir interdit.

Perdue dans ses pensées, Juliette resta assise dans le salon, attendant patiemment que Sofia termine sa douche. Enfin Sofia sortit de la salle de bain, vêtue seulement d'une petite serviette. Elle détourna rapidement le regard, sentant une chaleur monter à ses joues alors que son esprit était submergé par un mélange d'émotions contradictoires.

Lorsque Sofia s'approcha et posa sa tête sur les genoux de Juliette, la proximité soudaine les plongea toutes les deux dans un silence inconfortable. Juliette sentit une tension électrique dans l'air alors qu'elle ne savait pas comment réagir à cette proximité soudaine.

Elle se sentait à la fois gênée et troublée par la situation, se demandant quelles étaient les intentions de Sofia en agissant de cette manière. Était-ce simplement un geste amical, ou y avait-il quelque chose de plus profond derrière ses actions ?

Juliette se sentit désemparée, ne sachant pas comment aborder la situation sans risquer de mettre mal à l'aise Sofia. Elle resta donc assise là, ses mains tremblantes légèrement alors qu'elle se demandait quoi faire.

Finalement, elle prit une profonde inspiration et posa doucement sa main sur la tête de Sofia, lui offrant un geste de réconfort silencieux. Peut-être que c'était tout ce dont Sofia avait besoin en ce moment : un peu de soutien et de compassion dans une période aussi tumultueuse. Ensemble, elles restèrent là, dans le silence apaisant de l'appartement, chacune perdue dans ses propres pensées et émotions.

5

Le lendemain matin, Juliette se leva lentement du lit, puis se dirigea vers la cuisine pour se préparer une tasse de café, espérant que la caféine l'aiderait à rassembler ses pensées. Alors qu'elle attendait que la cafetière se mette en route, Sofia la rejoignit et la serra tendrement dans ses bras. Juliette approcha sa bouche de la nuque de Sofia.

« Comment te sens-tu ce matin ? Murmura Juliette.

- Je vais bien... » répondit la belle italienne dans un souffle. Puis elle approcha délicatement ses lèvres de celles de Juliette qui sentit un frisson lui parcourir l'échine. Son cœur battait la chamade dans sa poitrine, ses pensées tourbillonnant de confusion et d'émotion. Juliette inclina légèrement la tête, laissant leurs lèvres se frôler dans un doux baiser. C'était un moment chargé d'émotion, un instant où le temps semblait suspendu dans l'air, alors qu'elles se perdaient dans la douceur de leur étreinte.

Pour Juliette, c'était comme si toutes les pièces du puzzle s'emboîtaient enfin, comme si elle avait enfin trouvé la paix et la sérénité dans les bras de Sofia. Elle se sentait en sécurité, désirée, et pour la première fois depuis longtemps, elle se sentait en paix avec elle-même.

Quand elles se séparèrent, leurs yeux se rencontrèrent dans un regard chargé de promesses silencieuses. Elles savaient toutes les deux que ce n'était que le début de quelque chose de nouveau et d'excitant, un nouveau chapitre de leur histoire qui ne demandait qu'à être écrit.

Et avec un sourire tendre, Juliette prit la main de Sofia elle l'amena dans la salle de bain.

Sous la douche, l'eau chaude ruisselait sur les corps nus de Juliette et Sofia, créant un voile de vapeur autour d'eux. Les gouttes glissaient sur leur peau, accentuant chaque courbe, chaque creux, chaque parcelle de chair exposée à la vue et au toucher.

Juliette sentit son cœur battre la chamade, un mélange d'excitation et d'appréhension faisant naître des papillons dans son ventre. C'était sa toute première fois avec une femme.

Sofia posa une main sur la joue de Juliette, effleurant doucement sa peau avec ses doigts agiles. Leurs regards se rencontrèrent, chargés d'une intensité brûlante qui semblait embraser l'atmosphère autour d'eux. Sans un mot, elles se comprirent, chacune sentant le désir de l'autre s'intensifier à chaque seconde qui s'écoulait.

Les lèvres de Sofia capturèrent celles de Juliette dans un baiser passionné, leur souffle se mêlant dans un échange ardent de sensations et de sentiments. Les mains de Juliette parcoururent le corps de Sofia avec une curiosité dévorante, explorant chaque centimètre de peau offerte à son toucher avide.

Sous la caresse experte de Sofia, les dernières barrières de Juliette s'effondrèrent, laissant place à un flot d'émotions et de sensations nouvelles et enivrantes. Leurs corps se pressèrent l'un contre l'autre, une fusion de désir et de plaisir se consumant dans les flammes de la passion débridée

Les murmures de plaisir s'échappaient de leurs lèvres alors qu'elles se perdaient dans l'étreinte sensuelle de l'autre, leurs mouvements synchronisés au rythme des vagues de plaisir qui les submergeaient. La chaleur de la vapeur, le ruissellement de l'eau et le grondement sourd de leurs désirs combinés créèrent un tableau enivrant de luxure et de satisfaction totale.

Dans cet instant, sous la cascade d'eau chaude, Juliette réalisa qu'elle avait découvert un nouveau territoire de plaisir et d'émotion, un endroit où elle se sentait vivante, libre et totalement comblée. Et dans les bras de Sofia, elle savait qu'elle avait trouvé une partenaire qui la guiderait avec douceur et passion à travers ce voyage d'exploration et de découverte, une partenaire avec laquelle elle pourrait s'abandonner à l'extase sans retenue ni remords.

***

Depuis quelques jours, Juliette avait repris un travail dans une autre boîte de comptabilité. Les longues heures passées à jongler avec des chiffres et des rapports l'avaient laissée épuisée, mais c'était surtout l'ambiance tendue au bureau qui avait miné son moral. Des tensions palpables semblaient flotter dans l'air, amplifiant chaque petit stress et chaque préoccupation mineure. Même sans raison particulière, elle se sentait souvent submergée par une vague d'anxiété.

Cette semaine-là, cette sensation de poids sur ses épaules semblait particulièrement accablante. Elle savait qu'elle ne voulait pas laisser transparaître sa mauvaise humeur à Max et Sofia, ses piliers de soutien, alors, après une journée éreintante, elle prit une décision impulsive : elle irait dans un club.

En franchissant les portes de l'établissement bondé, Juliette fut immédiatement happée par une explosion sensorielle. La musique assourdissante martelait son esprit, les lumières stroboscopiques la faisaient vaciller dans un kaléidoscope de couleurs. Une vague de chaleur l'envahit, mêlée à l'odeur enivrante de sueur et de parfums.

Elle s'avança avec détermination à travers la foule compacte, cherchant désespérément un répit à ses tourments intérieurs. Chaque pas la rapprochait un peu plus de la piste de danse, où des silhouettes mouvantes semblaient flotter dans une transe collective. Elle se sentait presque étouffée par l'agitation ambiante, mais en même temps, elle ressentait un étrange soulagement, comme si le chaos extérieur pouvait étouffer le tumulte de ses pensées.

Juliette se laissa emporter par le rythme hypnotique de la musique, se perdant dans les mouvements frénétiques des autres fêtards. Les battements de son cœur semblaient synchronisés avec la basse qui pulsait à travers le sol. Dans cet instant, elle se sentait libre, détachée de ses soucis et de ses responsabilités. Il y avait quelque chose de libérateur à se laisser emporter par la folie de la nuit, à s'immerger dans ce monde d'excès et d'oubli. Même si ce n'était que pour un court instant, c'était un répit bienvenu dans la tourmente de sa vie quotidienne.

Commandant un verre au bar, Juliette se laissa emporter par l'ivresse de l'alcool, savourant chaque gorgée comme une échappatoire à ses soucis. Elle dansa avec désinvolture sur la piste de danse, se laissant emporter par le rythme hypnotique de la musique, essayant de chasser les pensées troublantes qui tournoyaient dans son esprit.

Mais malgré ses efforts pour se perdre dans la fête, Juliette ne pouvait pas échapper à la douleur. Les soucis la hantaient toujours, comme des ombres sombres dans un coin de son esprit. Elle pensait à Olivier, puis à la trahison de son patron et les soucis auxquels elle aurait pu faire face mais également à sa relation naissante avec Sofia et Max. Finalement Juliette décida de rentrer chez elle, déterminée à ne pas passer la nuit seule. Elle sortit son téléphone et ouvrit son application de rencontres préférée. Elle parcourut les profils, cherchant quelqu'un qui pourrait la distraire, ne serait-ce que pour quelques heures, de ses tourments intérieurs.

Après quelques minutes de recherche, elle tomba sur le profil d'un homme qui attira son attention. Il semblait sympathique, avec un sourire chaleureux et des yeux pétillants. Juliette hésita un instant, puis décida de lui envoyer un message.

« *Salut, ça te dirait de venir chez moi ce soir ?* » écrivit-elle, espérant qu'il serait d'accord pour la rejoindre. Elle attendit anxieusement sa réponse, le cœur battant et les mains moites sur le téléphone. Après quelques instants qui lui semblèrent interminables, l'appareil vibra avec une nouvelle notification.

« *Salut ! Ça me ferait plaisir de te rencontrer ce soir. Où dois-je venir ?* » répondait l'inconnu.

Un sourire de soulagement se dessina sur le visage de Juliette alors qu'elle envoyait l'adresse de son appartement. Elle savait que ce n'était pas la solution à long terme à ses problèmes, mais pour cette nuit-là, elle avait besoin de compagnie. Quelques minutes plus tard, il sonna à sa porte. Juliette l'accueillit avec un sourire ravageur, prête à se perdre dans l'instant présent en trouvant un peu de réconfort et de distraction dans les bras de son invité surprise.

Au début, la soirée avait commencé avec une douceur et une légèreté. L'homme qu'elle avait à côté d'elle semblait charmant et attentionné. Ils avaient bu, partagé des histoires et des rires, le tout avec une complicité non feinte. Pour un bref instant, Juliette avait réussi à oublier ses problèmes. Mais peu à peu, les choses avaient commencé à changer. L'homme avait commencé à se montrer plus insistant, ses gestes devenant plus brusques et ses paroles plus vulgaires. Juliette aimait le contrôle, et le comportement de cet individu ne lui plaisait pas. Elle commençait à ressentir une boule d'anxiété se former dans le creux de son estomac alors qu'elle réalisait que quelque chose n'allait pas. C'était peut-être les effets de l'alcool ? Ou simplement quelque chose chez cet inconnu qui ne lui correspondait pas. Elle voulait profiter de son corps, maîtriser la situation et non pas être son objet sexuel.

Elle avait tenté de le repousser, de lui faire comprendre que ses avances n'étaient pas les bienvenues, mais il avait ignoré ses protestations, continuant à la toucher de manière de plus en plus précise, se glissant entre ses cuisses, fouillant son intimité la plus secrète. Bientôt, la douceur de la soirée s'était transformée en cauchemar, alors que l'homme devenait de plus en plus agressif et brutal. Juliette se sentait piégée, son esprit tourbillonnant dans un mélange de peur et de confusion alors qu'elle se demandait comment mettre fin à cette situation éprouvante. Finalement, avec un dernier effort, elle parvint à le repousser et à le convaincre de partir. Elle resta seule dans son appartement, secouée par l'expérience traumatisante qu'elle venait de vivre. Elle se rendit compte que même dans sa quête de réconfort et de distraction, elle avait encore plus de peine que de répit.

Alors, avec un immense dégoût d'elle-même, Juliette se recroquevilla sur son canapé, cherchant désespérément un semblant de paix dans la solitude de la nuit.

Le lendemain matin, Juliette se réveilla avec une forte migraine et le sentiment d'avoir été salie par cet homme détestable. Les événements traumatisants de la nuit précédente étaient encore frais dans son esprit. Elle se sentait épuisée et vulnérable.

Se levant lentement du canapé, Juliette se dirigea vers la cuisine pour se préparer une tasse de café, cherchant un semblant de paix intérieure dans la chaleur réconfortante de la boisson chaude. Alors qu'elle sirotait son café, un mélange d'émotions contradictoires l'envahit, au milieu de la douleur et de la confusion. Elle savait qu'elle devait se reconstruire, retrouver sa force intérieure et sa confiance en elle-même après les épreuves qu'elle avait traversées.

Elle commença par prendre soin d'elle-même, en prenant le temps de se détendre et de se ressourcer, en pratiquant le yoga et la méditation pour apaiser son esprit tourmenté. Elle se concentra sur sa santé mentale et émotionnelle, cherchant à guérir les blessures invisibles qui avaient été infligées à son âme. Peu à peu, Juliette commença à se sentir plus confiante. Elle se concentrait sur le ressenti qu'elle était plus forte qu'elle ne le pensait, capable de surmonter les épreuves les plus difficiles avec grâce et résilience.

Après avoir pris un moment pour elle, Juliette sentit le

besoin de parler à quelqu'un, de partager le poids de ce qui s'était passé. Avec un soupir, elle se décida de rejoindre Max avant qu'il ne parte travailler.

Frappant à la porte de Max, Juliette se sentait nerveuse. Elle avait besoin de son réconfort, mais elle redoutait aussi sa réaction. Max ouvrit la porte, affichant une expression d'inquiétude en voyant l'état de Juliette.

« Juliette, ça ne va pas?

- Non, pas vraiment », répondit-elle, son regard cherchant le sien avec une détresse palpable. Max l'invita à entrer. Alors elle lui raconta l'agression qu'elle avait subie, sentant les larmes lui monter aux yeux. Max l'écouta avec attention, son visage se durcissant de colère face à ce qu'elle avait enduré. Il prit délicatement sa main dans la sienne, lui offrant un soutien silencieux.

« Je suis là pour toi, Juliette », murmura-t-il, ses yeux emplis d'une tendresse sincère. Mais alors qu'il la consolait, une ombre de peine traversa son regard.

« Je ne peux pas m'empêcher de me demander... Pourquoi as-tu utilisé cette application de rencontre ? Demanda-t-il, sa voix teintée de tristesse. Je pensais... enfin, je croyais qu'il y avait quelque chose entre nous. »

Juliette baissa les yeux, se sentant coupable de la déception qu'elle lisait sur le visage de Max.

« Je suis désolée, Max. Je ne voulais pas te blesser... » murmura-t-elle, sentant le poids de ses propres erreurs s'abattre sur ses épaules.

Max lui sourit faiblement, caressant doucement sa joue. « Je comprends, Juliette. Mais je dois aussi dire que concernant Sofia, je dois avouer que j'ai eu un peu de mal à comprendre votre relation ambiguë... Parfois, je me demande si nous ne sommes que des amis très proches...

ou si notre relation pourrait être quelque chose de plus. En tout cas, je suis là pour toi, peu importe avec qui tu choisis d'être. »

Sur ces mots, il lui fit une étreinte réconfortante avant de s'éloigner pour se préparer à partir au travail.

« Je serai là pour toi, quoi qu'il arrive », ajouta-t-il avant de partir.

Plus tard dans la journée, Juliette sentit le besoin de partager son fardeau avec quelqu'un d'autre. Elle prit son téléphone et envoya un message à Sofia, lui demandant de passer chez elle pour discuter. Quelques instants plus tard, Sofia arriva, arborant une expression d'inquiétude en voyant Juliette.

« Ça va, Juliette ? » demanda-t-elle en s'asseyant à ses côtés sur le canapé.

Juliette lui raconta alors ce qui s'était passé, sentant le soulagement de partager son histoire avec une amie de confiance.

« Je me sens coupable vis-à-vis de Max, expliqua Juliette en retenant ses larmes. Avant même de te rencontrer, lui et moi, on flirtait. Puis, tu es entrée dans ma vie comme un éclair. Il n'a jamais rien dit à propos de toi, mais j'imagine qu'il a dû ressentir cela... Il est toujours si attentionné envers moi, et je ne veux absolument pas lui causer de peine. »

Sofia l'écouta avec empathie, son cœur se serrant à l'idée de la douleur que Juliette avait dû endurer.

« Je suis là pour toi, Bella » assura-t-elle, prenant la main de son amie dans la sienne. Mais en dépit de sa sincérité, un sentiment de jalousie sourdait en elle à l'idée de l'attention que Max portait à Juliette.

Elle se sentit mal à l'aise, réalisant soudain qu'elle aussi était attirée par Max. Pourtant, elle garda ses sentiments pour elle, se concentrant sur le soutien qu'elle pouvait offrir à Juliette dans cette période difficile.

Alors que Juliette lui expliquait la réaction de Max, Sofia sentit un pincement dans sa poitrine.

« Max, murmura-t-elle, son ton teinté de piquant. Il a toujours été un peu... territorial, n'est-ce pas ? Peut-être qu'il a du mal à accepter que tu puisses avoir d'autres... distractions. »

Elle baissa les yeux, réprimant l'envie de révéler ses propres sentiments à Juliette. Après tout, elle était habituée à être au centre de l'attention, à être vénérée par ceux qui l'entouraient. L'idée d'être reléguée au second plan par Max la troublait plus qu'elle ne voulait l'admettre.

Pourtant, malgré sa jalousie et son orgueil blessé, Sofia savait qu'elle devait mettre les besoins de Juliette avant les siens. Elle serra un peu plus fort la main de son amie, lui offrant un sourire compatissant.

« Tu mérites quelqu'un qui te traite avec respect et dévotion, Juliette. Et si Max n'est pas capable de le faire, alors peut-être qu'il ne te mérite pas. »

Après les paroles de Sofia, Juliette resta silencieuse, submergée par un mélange d'émotions contradictoires. Avant qu'elle ne puisse articuler le moindre mot, Sofia l'embrassa sauvagement, capturant ses lèvres avec passion. Dans un tourbillon de désir et de besoin, Juliette se laissa aller, laissant Sofia prendre les rênes de leur étreinte.

Les mains de Sofia parcoururent tendrement le corps de Juliette, explorant chaque courbe avec une affection débordante. Leurs caresses étaient empreintes de douceur et de compréhension, chaque geste témoignant de leur connexion profonde.

Finalement, épuisée par l'émotion et la tension accumulées, Juliette s'endormit dans les bras réconfortants de Sofia. Pendant qu'elle sombrait dans un sommeil paisible, Sofia se leva doucement, laissant un mot sur la table basse pour expliquer qu'elle devait se rendre à un rendez-vous de shooting photo. Avec un dernier regard tendre vers Juliette endormie, Sofia quitta l'appartement, laissant son amie reposer en toute quiétude.

Dans le studio photo, Sofia entra avec assurance, sachant pertinemment qu'elle allait croiser Thomas, le photographe avec lequel elle avait l'habitude de travailler. Il se tenait là, grand et charismatique, un sourire ravageur illuminant son visage aux cheveux bruns.

Dès qu'elle franchit la porte, Sofia sentit son regard sur elle, un échange silencieux chargé de tension. Leur relation avait toujours été professionnelle, mais aujourd'hui, avec cette séance de lingerie fine, Sofia était consciente de l'effet qu'elle pouvait avoir sur Thomas. Elle aimait le taquiner, lui faire perdre un peu de son sang-froid habituel avec des regards suggestifs et des poses provocantes.

Thomas l'accueillit avec un sourire chaleureux, mais Sofia pouvait lire dans ses yeux le désir contenu derrière sa façade professionnelle. Après un échange de politesses, Sofia se hâta vers les vestiaires pour enfiler la lingerie prévue pour la séance.

Lorsqu'elle revint sur le plateau pour prendre la pose, elle remarqua immédiatement la réaction de Thomas. Il essayait de paraître normal, mais ses yeux la dévoraient des pieds à la tête. Alors, sans détour, elle se dirigea vers lui, le prenant au dépourvu.

« Est-ce que tout va bien, Sofia ? Tu sembles... différente aujourd'hui ! » dit Thomas en la dévisageant.

Sofia le regarda droit dans les yeux, son désir ardent ne laissant place à aucune hésitation : « Je te veux, Thomas. »

Et sans attendre de réponse, elle l'embrassa avec une passion dévorante. Surprise au début, Thomas se laissa emporter par le désir brûlant qui couvait entre eux depuis trop longtemps. Leurs vêtements volèrent rapidement, laissant place à une fièvre irrésistible.

Contre le mur froid du studio, Thomas la plaqua avec ferveur, leurs corps s'entremêlant dans un tourbillon de désir inassouvi. Sofia se sentait vivre dans l'excès de la sensation, enivrée par la passion brute qui les consumait.

Alors que Thomas la prenait avec une intensité sauvage, elle laissa échapper des gémissements de plaisir, ses pensées voltigeant vers Juliette. Un mélange de désir et de rancœur s'empara d'elle, une façon de se venger, de réaffirmer sa propre valeur. Et dans un moment de délice absolu, elle s'abandonna à l'extase d'un orgasme dévastateur, repoussant les limites de son propre plaisir.

6

Le lendemain, après sa journée de travail, Juliette alla dîner dans une brasserie avec Emma, une de ses nouvelles collègues avec qui elle s'était tout de suite bien entendue.

Emma était une jeune femme éblouissante, avec ses cheveux blonds qui encadraient délicatement son visage lumineux. Sa silhouette élancée, soulignée par une taille fine, captivait le regard, tout comme sa poitrine généreuse qui ajoutait une touche de sensualité à son allure. Son sourire était contagieux, illuminant chaque pièce où elle entrait, et son humour pétillant faisait rire ceux qui avaient la chance de partager un moment avec elle.

Juliette ne pouvait s'empêcher de l'admirer, avec une

pointe d'envie mêlée d'admiration. Si Sofia n'avait pas occupé une place aussi importante dans sa vie, elle aurait peut-être envisagé de flirter avec Emma. Mais la jeune femme était éperdument amoureuse de son fiancé, Baptiste, et Juliette respectait profondément leur relation. Alors, elle se contentait de regarder Emma avec une lueur gourmande dans les yeux, appréciant chaque moment passé en sa compagnie et savourant l'amitié précieuse qu'elles partageaient.

Juliette reprit ensuite le chemin vers son appartement avec le sourire, prête à mettre le passé derrière elle et à se concentrer sur les projets et les moments positifs de la vie. Mais en arrivant dans le couloir de son étage, elle sentit que quelque chose clochait. Elle hâta le pas jusqu'à sa porte et découvrit qu'elle avait été forcée. Les mains tremblantes, Juliette poussa la porte de son appartement avec précaution, priant pour que tout soit en ordre à l'intérieur. Cependant, dès qu'elle franchit le seuil, ses pires craintes se confirmèrent.

Son appartement était sens dessus dessous, comme s'il avait été fouillé de fond en comble. Le souffle coupé, Juliette parcourut la pièce du regard, cherchant des signes de ce qui avait pu se passer. Des meubles renversés, des objets brisés jonchant le sol, tout indiquait une intrusion violente. Mais ce qui attira le plus son attention, ce fut le cadre de sa photo préférée, une photo de Gordes, qui lui rappelait les moments passés avec Olivier, éclaté en morceaux sur le sol. La panique commença à s'emparer d'elle alors qu'elle réalisait que quelqu'un avait pénétré chez elle en son absence. Elle se sentait violée, envahie, son sanctuaire personnel profané par des intrus sans scrupules. Pourtant, même au milieu du chaos, Juliette retrouva son sang-froid. Elle savait qu'elle devait agir vite, appeler la police et signaler l'incident. Mais avant cela, elle devait s'assurer qu'elle était en sécurité. Elle parcourut chaque pièce de l'appartement, vérifiant qu'elle était seule, que personne n'était caché dans un coin sombre, attendant son retour. Une fois rassurée, elle prit son téléphone et composa le numéro du commissariat de son quartier.

Pendant qu'elle attendait l'arrivée de la police, Juliette s'installa dans le seul fauteuil qui n'avait pas été renversé. Elle prit conscience que cette intrusion n'était pas seulement un acte de vandalisme, mais aussi une menace directe à sa sécurité. Elle se sentait vulnérable. Lorsqu'on sonna à sa porte, Juliette sursauta, prit une profonde inspiration et s'apprêtait à se lever lorsque son regard se posa sur quelque chose d'inhabituel dans un coin de la pièce. Un papier plié reposait sur le sol, comme s'il avait été laissé là délibérément. Le cœur battant la chamade, Juliette s'agenouilla pour le ramasser, ses mains tremblantes dépliant lentement le papier. Sur celui-ci, des mots étaient griffonnés d'une écriture hâtive et menaçante : *"Tu ne peux pas t'échapper. Je te retrouverai."*

Une onde de terreur la traversa. Quelqu'un lui en voulait, quelqu'un qui était prêt à franchir toutes les limites pour la retrouver. Elle pensa automatiquement à son ex-patron. On cogna une nouvelle fois à sa porte, alors Juliette alla ouvrir et se retrouva face à trois hommes. L'un d'entre eux pris la parole :

« Bonjour Mademoiselle, je suis l'inspecteur Julien Dubois, et voici deux officiers. Je vais vous poser quelques questions pendant qu'ils examineront les lieux. Pouvons-nous entrer ? »

Il lui tendit sa carte, confirmant son identité. Juliette se sentit soulagée de voir les représentants de l'ordre devant sa porte. Une fois à l'intérieur, les deux officiers commencèrent à examiner les dégâts, tandis que l'inspecteur et Juliette restèrent debout dans le salon. Juliette lui expliqua en détail ce qu'elle avait trouvé en rentrant chez elle, lui montrant également le papier menaçant qu'elle avait découvert par terre.

Après avoir recueilli toutes les informations nécessaires, l'inspecteur Dubois promit à Juliette qu'ils feraient tout leur possible pour trouver celui qui était responsable de cette intrusion.

« Vous avez l'air secouée, vous avez quelqu'un chez qui passer la nuit, ou qui pourrait venir vous tenir compagnie ? » demanda l'inspecteur.

Une idée coquine traversa l'esprit de Juliette une fraction de seconde, mais elle la chassa rapidement. Elle reprit son sérieux en entendant quelqu'un cogner à la porte. C'était Max, son ami, qui rentrait du travail, visiblement inquiet.

« Juliette, tout va bien ? Qu'est-ce qu'il se passe ?

- Je t'expliquerai, entre Max. Je te présente l'inspecteur Dubois », dit-elle en le laissant entrer.

Max serra la main de l'inspecteur, mais son expression restait soucieuse en voyant le désordre dans l'appartement. Juliette lui expliqua rapidement la situation, tandis que l'inspecteur et les officiers quittaient les lieux.

« J'ai vu les véhicules de police devant le bâtiment, j'ai tout de suite pensé à toi », murmura Max en s'approchant de Juliette, posant une main réconfortante sur son épaule.

« Ça va aller ? » demanda-t-il, son regard exprimant une profonde inquiétude.

« Je ne sais pas... Je ne comprends rien... », répondit Juliette au bord des larmes.

Max l'enlaça tendrement et lui proposa de se réfugier chez lui pour la nuit, mais Juliette ressentait le besoin impérieux de ranger un maximum ses affaires. L'idée de laisser son appartement dans cet état la tourmentait profondément. La nuit s'annonçait longue entre le nettoyage et la réparation des dégâts causés par l'intrusion. Max, comprenant son désarroi, s'attela à l'aider du mieux qu'il put.

Après des heures de travail acharné, Juliette s'effondra épuisée sur son canapé, tandis que Max préparait deux verres de vin pour eux. Ils s'installèrent côte à côte, se laissant emporter par la douceur du moment. Dans l'ombre apaisante de l'appartement enfin rangé, leurs baisers étaient chargés d'une tendresse réconfortante.

Juliette se sentait secouée par les événements de la journée, mais la présence apaisante de Max lui procurait un sentiment de sécurité. Elle avait besoin de se sentir chouchoutée, et dans les bras de Max, elle trouvait un réconfort précieux.

Frustrée et épuisée, les mêmes questions envahissaient son esprit : Qui aurait pu vouloir lui faire du mal de cette manière ? Et pourquoi ?

7

Sofia sonna à la porte de Juliette, inquiète après avoir lu son SMS sur le cambriolage. Elle ne l'avait découvert qu'au réveil ce matin-là, après une nuit torride avec Thomas.

Ne recevant aucune réponse, elle se tourna vers la porte de Max, qui s'ouvrit peu après.

« Juliette est chez toi ? »

- Bonjour Sofia. Juliette est déjà au travail. Tu veux entrer ? »

Sofia hocha la tête et franchit le seuil, ses mouvements souples et élégants rappelant ceux d'un félin. Max lui expliqua alors les événements de la veille. Sans détour, elle demanda si lui et Juliette avait couché ensemble. Max, légèrement surpris par la question directe, répondit d'un ton calme :

« Non, j'ai passé la soirée avec Juliette, mais pas de cette manière. Elle avait besoin de soutien après ce qui s'est passé. »

Sofia arqua un sourcil, l'air intéressé. "Vraiment ? Et tu l'as aidée à ranger ?"

Max hocha la tête. "Oui, j'ai fait au mieux. Je voulais surtout qu'elle se sente en sécurité après tout ça."

Sofia lui lança un regard taquin. "Tu es vraiment un

gentleman, Max. »

Il se sentit également attiré par son charisme et sa beauté provocante. Il lui proposa un café, une invitation qu'elle accepta volontiers. C'était la première fois qu'ils se voient sans Juliette. Sofia observe max pendant qu'il prépare son café. Elle aime ses épaules, son corps élancé. Il porte une chemise bleue, elle imagine son corps en dessous. Max revient avec les deux cafés et s'installa près de Sofia. Elle le regarda avec curiosité.

« Dis-moi, Max, quelle est exactement la nature de ta relation avec Juliette ? »

Max haussa les épaules avec un sourire en coin.

« Je dirais que c'est compliqué. On est amis, voisins... et parfois plus que ça. »

Sofia leva un sourcil, un sourire malicieux aux lèvres.

« Ah, je vois. Donc je ne suis pas la seule à tenter ma chance. »

- Mais dis-moi Sofia, que penses-tu de Juliette ? » demanda Max en riant.

Sofia le regarda avec un air mystérieux. « Elle est irrésistible, mais pour être honnête, c'est toi qui m'intéresses davantage en ce moment même. »

Max sourit, sentant l'excitation monter. Le portable de Sofia sonna. Elle répondit rapidement à l'appel, écoutant attentivement les informations qui lui étaient données pendant que Max l'observait avec gourmandise. Puis, avec un sourire espiègle, elle se tourna vers Max et murmura : « Désolée, Max, mais je dois y aller. Mais ne t'en fais pas, ce n'est que partie remise. »

Sans lui laisser le temps de répondre, elle se jeta sur lui pour lui déposer un baiser passionné, puis se leva avec un sourire malicieux et quitta l'appartement pendant que Max

la regardait avec un mélange de stupeur et d'étonnement.
. Cette femme était vraiment pleine de surprises. Il referma doucement la porte, son esprit encore embrumé par la chaleur de ses lèvres contre les siennes. Max se dirigea vers le canapé, où quelques instants plus tôt, ils partageaient des rires et des confidences. Le parfum de sa peau semblait encore flotter dans l'air, une douce torture pour ses sens. Il se demandait ce qui avait déclenché ce geste soudain, cette passion éphémère. Est-ce un jeu pour elle, ou y a-t-il quelque chose de plus profond que je ne saisis pas encore ?

8

Depuis l'épisode traumatisant de l'agression qu'elle avait vécue avec l'inconnu de l'application de rencontres, et l'intrusion dans son appartement, Juliette ressentait le besoin impérieux de reprendre les rênes de sa vie sentimentale. Dans cette quête de contrôle, elle se retrouvait déchirée entre deux âmes enflammées : Sofia et Max. Les flammes de désir brûlaient en elle, leur présence éveillant des sensations longtemps enfouies.

Juliette oscillait entre l'interdit et la raison, tentée de succomber aux désirs ardents qui la tiraillaient, mais hésitant à risquer la stabilité fragile de leurs relations actuelles. Les délices défendus semblaient offrir une échappatoire, une étreinte sensuelle capable d'effacer les cicatrices de son passé.

Depuis quelques jours, dans le jeu complexe des émotions, elle scrutait avec une curiosité mêlée d'envie l'attraction palpable entre Sofia et Max. Elle percevait leurs regards chargés d'une tension électrique, une danse muette où les désirs s'entremêlaient dans un élan incontrôlable.

Sofia, secrètement envoûtée par Max, réprimait ses pulsions par crainte de briser l'équilibre précaire qu'elle avait avec Juliette. Chaque regard échangé avec lui était une promesse de passion contenue, une invitation à explorer des territoires interdits.

Quant à Max, il se sentait pris au piège dans un tourbillon émotionnel, déchiré entre la profonde connexion qu'il éprouvait pour Juliette et l'attraction magnétique qu'exerçait Sofia sur lui. Chaque instant passé en leur compagnie était une lutte entre la raison et le désir, entre la sécurité de ce qu'il connaissait et l'excitation de l'inconnu.

Au cœur de cette tempête émotionnelle, les trois protagonistes se retrouvaient inévitablement entraînés dans une valse passionnée, où le désir et la frustration s'entremêlaient dans une étreinte étouffante. Chaque interaction les rapprochait davantage du précipice, où le moindre faux pas pourrait précipiter leur chute.

Pourtant, malgré les obstacles et les doutes, ils s'accrochaient à l'espoir ténu que leur relation puisse transcender les épreuves, que leur amour puisse surmonter les tourments de l'incertitude.

Un soir, alors qu'ils se retrouvaient tous les trois réunis dans l'appartement de Juliette, chacun ressentait le désir et la confusion qui brûlaient en eux.

Sofia brisa le silence avec une voix tremblante mais déterminée.

« Je dois vous avouer quelque chose, commença-t-elle, sa voix teintée d'émotion. Je ne veux pas que tu te sentes trahie par ce que je vais avouer Juliette, mais en même temps, je ne peux plus nier l'attraction que je ressens pour toi, Max. »

Juliette sentit son cœur battre la chamade dans sa poitrine alors que les mots de Sofia résonnaient dans son esprit. Elle se sentait à la fois jalouse et excitée par cette confession, réalisant que les frontières entre l'amitié et le désir étaient floues.

Max prit la parole avec franchise, avouant ses propres sentiments pour les deux femmes et exprimant sa volonté de trouver une solution qui conviendrait à tous.

« Je sais que ça peut sembler compliqué, mais je crois qu'on peut tous les trois trouver un équilibre, une façon d'être ensemble qui nous rende heureux », déclara-t-il, ses yeux oscillants entre Juliette et Sofia avec une tendresse infinie.

Au fur et à mesure que la nuit avançait, les tensions se dissipèrent et les cœurs se confièrent. Ils savaient qu'ils devaient trouver un moyen de naviguer à travers les complexités de leur triangle amoureux tout en préservant leur amitié. Chacun exprima ses craintes et ses désirs les plus profonds, mettant à nu leur vulnérabilité et leur besoin d'être compris et acceptés. Ensemble, ils décidèrent de prendre les choses un jour à la fois et de rester ouverts aux possibilités qui se présentaient à eux. Ils savaient que leur relation serait mise à l'épreuve, mais ils étaient prêts à relever le défi, armés de leur amour, de leur amitié et de leur détermination à faire face à l'avenir ensemble. Et ainsi, dans un élan de réconciliation et de renouveau, ils levèrent un verre pour sceller leur engagement envers une amitié qui surmonterait toutes les épreuves et durerait pour les années à venir.

Pourtant, quelques jours plus tard, un malaise imprégnait l'atmosphère alors qu'ils étaient réunis au restaurant. Durant le repas, les regards échangés étaient empreints d'une méfiance grandissante. Sofia, visiblement troublée, prit la parole d'une voix grave.

« Juliette, il faut qu'on parle, déclara-t-elle, son ton

accusateur trahissant sa peine. J'ai découvert des messages sur ton téléphone… Une conversation entre toi et Max qui suggèrent pour moi une trahison imminente. »

Les mots de Sofia jetèrent un voile d'inquiétude sur la confiance entre eux. Les regards se tournèrent vers Juliette, qui tenta de se défendre avec véhémence.

« Sofia, je t'assure que tu interprètes mal les choses ! Ces messages ne signifient rien ! » plaida-t-elle, ses yeux implorant le pardon de son amie.

Pourtant, malgré les explications de Juliette, les doutes semés par Sofia et les regards perçants de Max laissaient entrevoir une vérité plus sombre. La méfiance grandissait, menaçant de briser les liens qui les unissaient. Sofia, dévorée par la jalousie, sentait son cœur se serrer en repensant à ces messages : « *J'ai tellement hâte de te revoir ce soir. Tu me manques déjà* » ou « *J'aimerais pouvoir te prendre dans mes bras dès maintenant, tu me manques tellement* ». Sofia se sentait exclue, voyant ses propres sentiments mis à l'écart au profit de ceux de ses deux amis.

Pendant ce temps, Max, observateur distant, voyait ses propres manipulations prendre forme. Alors qu'il observait la scène qui se déroulait sous ses yeux, un sourire étira ses lèvres. Pour lui, c'était un moyen de s'assurer que ses propres désirs seraient satisfaits, peu importe les conséquences pour les autres.

9

Peu de temps après cette soirée tendue, le bel inspecteur de police, Julien Dubois, fit son apparition pour apporter des nouvelles surprenantes concernant le cambriolage. Juliette venait juste de rentrer du travail et attendait Max et Sofia, qui devaient la rejoindre le soir même. Lorsque sa sonnette retentit, elle fut très surprise de voir qu'il s'agissait de l'inspecteur. Elle l'invita à entrer dans son appartement.

« Mademoiselle je vous remercie de me recevoir, » commença l'inspecteur d'une voix polie mais grave.

Juliette le regarda avec appréhension :

« Inspecteur, que se passe-t-il ? Avez-vous découvert quelque chose sur le cambriolage ? » demanda-t-elle, ses yeux exprimant son inquiétude.

L'inspecteur hocha la tête, son expression sérieuse :

« Après avoir analysé les preuves, nous avons découvert des éléments troublants qui pointent vers deux possibilités. La première, ce serait une implication de votre ancien employeur », déclara-t-il, observant attentivement la réaction de Juliette.

« Mais... Marc ? Je ne peux pas y croire » murmura-t-elle, sa voix tremblante d'émotion.

L'inspecteur continua sans la quitter des yeux :

« L'autre possibilité nous dirige vers une implication interne. Autrement dit, des personnes de votre entourage pourraient être impliquées. »

Cette révélation secoua Juliette, la plongeant dans un état de choc et de suspicion encore plus profond. Des images de Max et Sofia surgirent dans son esprit, et l'idée qu'ils pourraient être liés à cette affaire lui fit mal au cœur.

« Je vous assure Mademoiselle, nous ferons tout notre possible pour identifier le ou les coupables et rendre justice », promit-il avec une voix empreinte de détermination.

L'inspecteur avait quitté l'appartement de Juliette lorsque Max et Sofia arrivèrent. Juliette leur expliqua les révélations troublantes de l'inspecteur. Immédiatement, elle sentit qu'elle avait semé le chaos parmi eux, alimentant les doutes et les suspicions qui avaient déjà commencé à miner leur relation. Ils se retrouvèrent face à face, leurs regards chargés d'émotions contenues. La pièce résonnait du silence lourd de non-dits, chaque souffle semblant être une bombe prête à exploser. Sofia brisa finalement le silence, ses mots coupants comme des lames.

« Max, tu n'as pas besoin de nous mener en bateau. Admets que tu es impliqué dans tout ça. »

Max leva les yeux, son visage exprimant à la fois la surprise et l'indignation :

« Comment oses-tu m'accuser d'avoir fait ça ? »

Juliette explosa, se sentant prise au piège entre les deux : « Arrêtez ! Ce n'est pas le moment de se diviser ! »

Sofia se tourna vers Juliette, un air de défis dans les yeux.

« Juliette, pourquoi tu n'avoues pas y avoir pensé, hein ? Ou alors tu crois que c'est moi qui aurais pu te faire ça ? Et bien viens, allons fouiller l'appartement de Max. Je suis sûre qu'on y trouvera quelque chose qui prouvera son implication dans tout ça. »

Max serra les poings, sa voix teintée de colère.

« Mais absolument pas ! Je n'ai rien à voir avec ce qui s'est passé chez Juliette. Juliette, tu me crois n'est-ce pas ? Sofia veut te monter contre moi ! »

Juliette tenta de défendre Max auprès de Sofia, ses mots empreints de désespoir. Mais ses paroles tombèrent dans le vide, étouffées par le poids écrasant de la méfiance et de la trahison.

Les yeux de Max étaient sombres, trahissant une tourmente intérieure. Il arrêta de chercher à trouver des justifications devant le torrent de colère de Sofia et de ressentiment qui déferlait sur lui. Quand enfin le silence retomba, il n'y eut que le poids de la tristesse et du regret qui planait dans l'air. Sofia quitta l'appartement furieuse, laissant Max et Juliette muets. Quelques minutes plus tard, Max rentra chez lui à son tour, sans un mot ni un regard pour Juliette. Une fois la porte refermée, le silence pesant régnait, interrompu seulement par le bruissement lointain des voitures et le murmure des pensées tourmentées.

Juliette se retrouvait assise seule dans l'obscurité, son cœur lourd de chagrin et de confusion. Les paroles acerbes échangées entre elle, Sofia et Max résonnaient encore dans son esprit, comme des échos douloureux d'une amitié brisée.

Elle repassait en boucle les événements de la soirée, se demandant où tout avait dérapé, comment ils en étaient arrivés là. Elle se sentait déchirée entre son désir de réparer les choses et sa frustration face à l'incompréhension de Sofia et Max.

Pendant ce temps, Sofia errait dans les rues, son esprit

tourmenté par les émotions tumultueuses qui la submergeaient. La trahison qu'elle ressentait était comme un poids insupportable sur ses épaules, lui laissant un goût amer dans la bouche et une douleur lancinante dans le cœur. Elle se demandait si elle ne pourrait jamais pardonner à Juliette et à Max, si leur amitié pouvait être sauvée après tout ce qui s'était passé. Ses pensées étaient un tourbillon de confusion et de colère, et elle se sentait perdue dans un océan de désespoir.

Pendant ce temps, Max lui aussi avait son esprit tourmenté par le conflit intérieur qui le déchirait. Il se sentait coupable de la douleur qu'il avait infligée à Sofia et à Juliette, mais il était également en proie à ses propres démons et à ses propres regrets. Il se sentait piégé dans un cercle vicieux de ses propres mensonges et de ses propres actions.

***

Les heures s'écoulaient lentement, la lueur pâle de l'aube commençait à filtrer à travers les rideaux, illuminant faiblement la pièce où la tension de la nuit précédente semblait encore palpable. Juliette avait passé la nuit à réfléchir. Elle était persuadée que les choses ne seraient jamais plus les mêmes entre elle, Sofia et Max. Comment elle avait pu laisser les choses dégénérer à ce point ?

Sofia avait passé la nuit dans un bar, enchaînant les verres, refusant les avances d'hommes et de femmes aveugles à la tourmente qui ravageait son cœur. Elle finit par rentrer chez elle, lorsque les premières lueurs du soleil et les chants des oiseaux lui donnèrent une lueur d'espoir. Peut-être y avait-il encore une chance de réparer les dégâts, de reconstruire ce qui avait été brisé ?

Max, quant à lui, avait trouvé refuge dans un recoin

sombre d'un café. Il se sentait comme un étranger dans sa propre peau, hanté par les souvenirs de la nuit précédente et les conséquences de ses propres actions. Il savait qu'il devait faire face à ses erreurs, mais le poids de ses mensonges était écrasant.

Le soir même, Max et Sofia reçurent un SMS de Juliette, leur donnant rendez-vous chez elle. Quelques heures plus tard, ils étaient de nouveaux réunis. L'atmosphère dans l'appartement de Juliette restait toujours aussi tendue. Les regards se croisèrent, chargés d'émotions indéfinissables - la tristesse, la colère, la résignation. Un silence pesant régna pendant un moment, chaque membre du trio cherchant les mots pour exprimer ce qu'ils ressentaient. Finalement, c'est Juliette qui commença, sa voix tremblante de peine et de regret.

« Je suis désolée, murmura-t-elle, ses yeux cherchant ceux de ses amis. Je ne veux pas que les choses se passent ainsi. »

Sofia baissa les yeux, incapable de soutenir le regard de Juliette. Les mots de son amie lui transperçaient le cœur, toujours jalouse et suspicieuse mais en même temps, une part d'elle voulait réparer les dégâts.

Max prit une profonde inspiration, rassemblant son courage pour parler.

« Nous sommes tous responsables de ce qui s'est passé, déclara-t-il d'une voix ferme mais empreinte de remords. Nous avons tous fait des erreurs. Mais cela ne signifie pas que notre amitié est condamnée. »

Les trois amis se serrèrent dans une étreinte réconfortante, leurs cœurs lourds mais remplis d'une détermination renouvelée. Ils savaient que le chemin vers la réconciliation serait long et difficile.

10

Juliette franchit la porte de son lieu de travail avec un sourire professionnel, saluant les collègues qu'elle croisait en chemin. Pourtant, elle ne put s'empêcher de ressentir un malaise diffus. Elle sentait des regards furtifs chargés de jugement, et elle avait la conviction d'entendre des chuchotements dans son dos. Elle secoua la tête, se disant qu'elle se faisait probablement des idées, que son stress actuel colorait peut-être sa perception. En quête d'une bouffée d'air frais, elle se dirigea vers la machine à café. Là, elle croisa la fille de l'accueil, habituellement souriante, mais aujourd'hui son regard glacial et son attitude distante la saisirent de stupeur. Juliette lui adressa bonjour enjoué, mais elle fut accueillie par un regard dédaigneux, suivi d'un demi-tour précipité, comme si elle était soudainement devenue indésirable. La surprise se mêla à l'angoisse qui montait en elle. Déconcertée, elle abandonna l'idée de prendre un café et se hâta vers son bureau, cherchant refuge dans la familiarité des murs qui l'entouraient.

Elle se connecta à son ordinateur pour vérifier ses e-mails professionnels. Et là elle comprit : un message circulait dans toute l'entreprise, révélant les détails intimes de la vie amoureuse de Juliette. Le mail la décrivait comme organisatrice d'orgie, une fille facile, une salope disponible pour tous les hommes de son entreprise.

Juliette était assise à son bureau, le regard perdu dans le vide, lorsque Emma entra précipitamment dans la pièce.

« Juliette, tu as lu cet e-mail ? Qu'est-ce que c'est que cette histoire ? »

Juliette leva les yeux, le visage pâle et les mains tremblantes. Elle se tourna vers Emma, sentant le besoin urgent de se confier.

« Oui, Emma... Mais c'est vrai... J'ai organisé cette... cette orgie chez moi. »

Emma s'approcha, posant une main rassurante sur l'épaule de Juliette.

« Oh mon Dieu, Juliette », chuchota Emma d'une voix compatissante.

Juliette baissa la tête, sentant les larmes lui monter aux yeux avant de reprendre la parole :

« J'avais besoin de... de me sentir forte, de reprendre le contrôle. J'aime le sexe, Emma. J'avais besoin de ça... Mais je ne voulais pas que l'entreprise le sache. Je suis terrifiée, Emma. J'ai peur de perdre mon travail, de ne plus être prise au sérieux. »

« Juliette, écoute-moi. Ta vie intime ne regarde que toi. Je ne te juge pas là-dessus, tu n'as pas à avoir honte devant moi. Rentre chez toi, repose-toi. Tu peux compter sur moi, d'accord ? »

Juliette sentit un poids se lever de ses épaules. Elle avait trouvé en Emma une alliée précieuse dans cette épreuve difficile. Elle prit son sac, serra Emma dans ses bras et rentra chez elle.

Mais le cauchemar ne s'arrêta pas là. Alors qu'elle rentrait dans l'ascenseur, Juliette découvrit un mot affiché à l'intérieur. Son cœur s'emballa à la vue des mots vulgaires et blessants qui lui étaient adressés. Il s'agissait d'un texte prétendument écrit par elle-même, détaillant de manière crue ses préférences sexuelles et son désir de former un trio avec d'autres inconnus. La panique monta en elle alors qu'elle arrachait le mot avec frénésie. Elle se demandait qui pouvait être derrière ces attaques sournoises, qui cherchait à détruire sa réputation ?

La nuit fut longue. Incapable de trouver le sommeil, Juliette se reprochait de ne pas avoir fait confiance à son instinct, et en se souvenant d'Adam, l'homme qui l'avait mis en garde de ses actes le lendemain de l'orgie, elle était en colère contre elle-même de ne pas avoir écouté les avertissements silencieux qui résonnaient au fond d'elle-même. se demandait si elle aurait dû voir venir le scandale. Chaque décision, chaque choix semblait résonner dans les recoins les plus sombres de son esprit, l'accablant de doutes et de questions. Les "et si" laissaient derrière eux un voile d'incertitude qu'elle peinait à dissiper.

Juliette se sentait seule, vulnérable, mais au fond d'elle-même, une flamme de détermination brûlait. Elle refusait de se laisser submerger par le remords. Elle cherchait des leçons à tirer de ses erreurs, des enseignements à découvrir dans les ténèbres de son passé. Elle se battrait pour rétablir la vérité, pour défendre son honneur et sa dignité, coûte que coûte. Alors dès le lendemain matin Juliette contacta Julien Dubois pour lui rapporter ces nouveaux éléments car elle avait le sentiment que cela avait un lien avec le cambriolage. Une semaine plus tard, il appela Juliette lui demandant de passer au commissariat. Elle arriva accompagnée de Max et Sofia, qui se tenaient près d'elle, affichant une solidarité résolue malgré les tensions qui avaient pu les séparer.

« J'ai des nouvelles », commença l'inspecteur. Il expliqua alors qu'après des heures de travail acharné, ils avaient découvert l'identité du coupable du cambriolage et des messages malveillants.

"Il s'agit d'un certain Adam Dressi" annonça-t-il.

Juliette sentit son cœur se serrer à l'entente de ce nom. Adam, c'était le nom de l'homme dont elle avait croisé le chemin le lendemain de l'orgie. L'inspecteur continua son récit, expliquant qu'Adam travaillait pour Marc, l'ancien patron de Juliette. Ils étaient associés dans des pratiques douteuses au sein de la société où elle avait travaillé, ces pratiques qui avaient conduit Juliette à démissionner, déterminée à ne pas être complice de leurs manigances.

Le choc et l'incrédulité se lisaient sur le visage de Juliette. Lorsqu'elle avait croisé cet homme qui semblait bienveillant, elle ne s'était pas douter un instant de son rôle dans le cauchemar qu'elle avait vécu par la suite. Ces révélations apaisèrent les tensions qui avaient pu s'installer entre Juliette, Sofia et Max. Ils se regardèrent mutuellement, partageant un soulagement commun. Marc et Sofia étaient innocents. En sortant du commissariat, ils se serrèrent dans les bras les uns des autres, trouvant un réconfort dans la force de leur amitié et de leur amour.

11

Max avait entraîné Juliette et Sofia dans une boîte de nuit, située au centre névralgique de la ville. Ils s'installèrent à une table et commandèrent des cocktails. Ils trinquèrent et Juliette prit la parole :

« Je pense qu'il est temps que nous ayons une conversation », déclara-t-elle, ses yeux rencontrant tour à tour ceux de ses amis.

Juliette, Sofia et Max se retrouvaient en boîte de nuit, un lieu où les pulsations de la musique et l'excitation de la foule semblaient éveiller des désirs enfouis. Ils savaient que ce soir était différent, qu'ils devaient parler ouvertement de leurs envies les plus profondes.

Juliette prit une profonde inspiration, ressentant le poids de l'anticipation qui pesait sur ses épaules.

« Je sais que les choses ont été compliquées ces derniers temps, mais je crois qu'il est important que nous soyons honnêtes les uns avec les autres. »

Sofia acquiesça lentement, sentant son cœur battre la chamade alors qu'elle se préparait à ce qui allait suivre.

« Je suis d'accord, admit-elle doucement, un mélange de nervosité et de détermination dans sa voix. Il est temps que nous mettions cartes sur la table. »

Max observa ses amis avec attention. «

Je suis là pour écouter, assura-t-il, ses yeux exprimant une sincérité sans équivoque. Quoi que vous ayez à dire, je suis prêt à l'entendre. »

Les autres hochèrent la tête, leurs expressions mêlées de sérieux et de soulagement. Alors, Sofia se lança, décrivant avec une franchise troublante les fois où elle avait cédé à la tentation avec Thomas, le photographe. L'atmosphère s'électrisa à mesure qu'ils se laissaient emporter par leurs désirs communs.

Bientôt, la conversation se tourna vers leurs fantasmes partagés à trois. Alors, ils se laissèrent emporter par l'excitation de leurs confessions, leurs mots résonnant dans le tumulte de la musique enivrante.

Max attira les deux filles à lui et déclara d'une voix rauque :

« Je me vois déjà vous regarder, vous deux, vous découvrir l'une l'autre, vous explorer avec une passion dévorante. Chaque baiser, chaque caresse, chaque soupir serait comme une symphonie érotique à mes oreilles. »

Sofia sourit avec une lueur coquine dans les yeux.

« Oh, Max, tu sais comment allumer le feu de nos désirs ! Je fantasme déjà de sentir vos mains, vos lèvres, partout sur mon corps. Deux langues explorant chaque centimètre de ma peau, me faisant gémir de plaisir jusqu'à ce que je perde toute notion de réalité. »

Juliette, la voix chargée de désir, ajouta : «

Et moi, j'imagine déjà être entre vous deux, le centre de toute cette passion débridée. Je veux sentir vos corps pressés contre le mien, vos souffles chauds caressant ma peau. Je veux que vous me preniez ensemble, que vous m'emmeniez au bord de l'extase encore et encore, jusqu'à ce que je ne puisse plus penser, plus respirer, plus être que le pur feu du plaisir. »

Leurs paroles se mêlaient au rythme sensuel de la musique, créant une symphonie de désir qui les enveloppait dans un tourbillon enivrant.

Alors que la nuit avançait et que la DJ prenait place derrière les platines, l'atmosphère s'alourdissait d'une tension électrique. Juliette tendit la main à Sofia, son regard brûlant d'une lueur suggestive.

« Viens danser avec moi », l'invita-t-elle, un sourire complice étirant ses lèvres.

Elles se dirigèrent vers le dancefloor. Max les observa toutes les deux se déhancher au rythme de la musique. Il se leva lentement, se laissant emporter par l'élan de la soirée alors qu'il se dirigeait vers elles. Les verres d'alcool se vidaient, les esprits commencèrent à s'échauffer. La musique pulsante et les lumières clignotantes remplissaient la pièce, alimentant les émotions déjà à vif. Juliette était heureuse. « *Cette nuit va rester gravée dans les mémoires pour toujours* » se disait-elle. Chaque détail semblait amplifié, chaque mouvement capturé dans un éclat de lumière stroboscopique. Les battements de musique résonnaient dans les corps des danseurs, les vibrations pulsantes parcourant la pièce comme un fil conducteur d'énergie.

Lorsque Sofia s'éclipsa un instant pour se rendre aux toilettes, Juliette et Max se retrouvèrent face à face, leurs regards se cherchant dans la pénombre moite de la salle. Des semaines de désir refoulé semblaient exploser entre eux, alimentant le feu brûlant qui couvait depuis trop longtemps. Leurs lèvres se rencontrèrent dans un baiser passionné, une fusion de désir et de frustration qui éclata en un feu d'artifice d'émotions. Chacun se laissa emporter par le tourbillon de sensations, perdant toute notion du temps et de l'espace alors qu'ils s'abandonnaient à cette étreinte enivrante.

Pendant ce temps, Sofia était revenue et observait la scène avec incrédulité, ses yeux emplis de larmes. La jalousie l'emportait toujours, elle n'arrivait pas à accepter d'être mise de côté. Et alors que le baiser entre Juliette et Max prenait fin, Juliette croisa le regard de Sofia. Ce fut comme si un silence lourd s'abattait sur la discothèque. Sofia se précipita à la table où ils avaient pris place pour récupérer ses affaires, se préparant à partir précipitamment. Juliette et Max l'observèrent, une lueur d'inquiétude dans leurs yeux alors qu'ils la voyaient s'éloigner si soudainement. Max posa une main sur l'épaule de Juliette pour la retenir, son regard se tournant vers Sofia qui s'éloignait rapidement.

« Laisse-la partir, Juliette. Tu sais aussi bien que moi que ça ne peut pas continuer comme ça. Elle cause sans arrêt des disputes, prétend vouloir cette relation à trois pour ensuite faire des crises de jalousie. Elle est trop orgueilleuse pour admettre ses propres torts, et ça ne peut pas marcher dans ces conditions. »

Juliette baissa les yeux, une tristesse voilant son regard alors qu'elle entendait les mots de Max. Elle savait qu'il avait raison, mais cela ne rendait pas la situation moins douloureuse.

Max poursuivit, sa voix douce mais ferme : «

Après tout ce que tu as traversé récemment, entre ton changement de travail, ce qu'Adam t'a fait, les disputes de Sofia, tu as le droit d'être égoïste, Juliette. Tu mérites de te faire plaisir, de penser à toi pour une fois. »

À ses paroles réconfortantes, Juliette sentit une vague de

soulagement l'envahir. Elle avait besoin de cette permission, de cette validation pour s'autoriser à penser à elle-même. Alors, elle se laissa aller dans les bras de Max, laissant derrière elle les tourments de la situation avec Sofia pour un instant de réconfort dans les bras de cet homme qui l'attirait tant.

12

Dans l'intimité de l'appartement de Max, une promesse de passion enflammée dans l'air. Sans un mot, leurs regards se rencontrèrent, l'excitation dansant dans leurs yeux alors qu'ils se laissaient emporter par le désir brûlant qui les consumait.

Dans un élan irrésistible, ils se précipitèrent l'un vers l'autre, leurs corps s'enlaçant dans une étreinte passionnée. Les mains de Max parcouraient le corps de Juliette avec une tendresse ardente, chaque caresse faisant naître des frissons de plaisir sur sa peau.

Sur le canapé, dans un tourbillon de passion déchaînée, Max prit Juliette en levrette, leurs soupirs de plaisir se mêlant au rythme effréné de leurs étreintes.

Puis, comme s'ils étaient attirés par une force invisible, ils se dirigèrent vers la baie vitrée, où Max plaqua Juliette avec fougue contre la vitre froide. Leurs lèvres se rencontrèrent dans un baiser ardent, leurs langues s'entremêlant dans une danse sensuelle qui les transportait au-delà de toute réalité.

Dans la chambre à coucher, ils se découvrirent encore plus profondément, explorant chaque recoin de leur désir mutuel. Juliette s'agenouilla devant Max avec une détermination brûlante, lui offrant une caresse enivrante de sa bouche experte.

Et alors, dans un moment d'extase partagée, Max se laissa emporter par le plaisir débordant, libérant son étreinte en un ultime geste de jouissance, laissant une marque de leur passion sur le visage de Juliette.

Après avoir exploré les abysses de leur désir, ils trouvèrent refuge sous les jets apaisants de la douche, se câlinant tendrement sous la douce caresse de l'eau chaude. Épuisés mais comblés, ils s'abandonnèrent finalement au sommeil dans les bras l'un de l'autre.

<h1 style="text-align:center">13</h1>

Dans les jours qui suivirent la nuit mouvementée à la discothèque, Juliette passa des heures à ressasser les événements de la soirée, puis de sa nuit merveilleuse avec Max. Un poids lourd pesait sur sa poitrine, un mélange de culpabilité pour avoir trahi Sofia et de confusion quant à ses sentiments pour Max. Elle ne parvenait pas à faire une croix sur Sofia et réfléchissait à comment elle pourrait réparer les dégâts qu'elle avait causés. Quant à Max, il regrettait d'avoir écouté son côté sombre et blessé Sofia. Il se questionnait sans cesse sur la manière de regagner sa confiance tout en se demandant s'il pourrait se pardonner à lui-même.

Juliette passait du temps avec Emma, devenue une amie précieuse à qui elle pouvait se confier.

« Je me sens tellement perdue Emma, avoua-t-elle un après-midi autour d'un café. Le baiser avec Max… Je ne peux pas m'empêcher de le repasser en boucle dans ma tête, et le regard déçu de Sofia… Je ne sais pas comment lui faire face.

- Tu traverses une période difficile, Juliette. Mais n'oublie pas que tu es humaine. On fait tous des erreurs, mais ce qui compte, c'est ce qu'on fait ensuite pour réparer les choses. »

Pendant ce temps, Sofia tentait de garder le cap malgré la tempête émotionnelle qui faisait rage en elle. Elle enchaînait les coups d'un soir et les séances photos avec Thomas, qui finissaient toujours par des relations sexuelles intenses. Chaque sourire forcé et chaque mot prononcé avec effort dissimulaient la douleur qui pesait sur son cœur brisé. Les jours se transformaient en semaines, Sofia ne répondait ni aux messages de Juliette, ni à ceux de Max.

Ces derniers étaient tous les deux d'accord : la culpabilité et le remords étaient des fardeaux trop lourds à porter seuls. La question qui les hantait était la suivante : pouvaient-ils vraiment revenir en arrière ? Pouvaient-ils réparer le lien brisé avec Sofia ? Malgré ses espoirs, Juliette se demandait si le bonheur à trois était une illusion impossible à réaliser. Max, quant à lui, se demandait si son cœur pouvait supporter de partager l'amour de Juliette avec une autre personne, si sa jalousie et son désir possessif finiraient par détruire tout ce qu'ils avaient construit avec elle.

Au bout de trois semaines, Sofia répondit enfin à un SMS de Juliette, acceptant de venir dîner chez elle avec Max. Assis autour d'une table basse, éclairée par des bougies, Juliette ouvrit son cœur en premier, exprimant ses regrets et son désir ardent de trouver un moyen de réparer leur amitié. Elle parla avec une sincérité touchante, faisant comprendre à Sofia qu'elle était prête à faire tout ce qui était en son pouvoir pour retrouver sa confiance et son affection.

Max, à son tour, partagea ses propres pensées et ses propres doutes, reconnaissant les erreurs qu'il avait commises et exprimant sa détermination à faire mieux à l'avenir. Il regardait Sofia avec une tendresse nouvelle. « J'ai réalisé que je ne veux rien de plus que votre bonheur et votre amour ».

Et enfin, Sofia parla, partageant ses propres luttes et ses propres espoirs pour l'avenir.

« Je ne supporte pas d'être mise de côté, avoua-t-elle, son regard empreint de vulnérabilité. J'ai besoin d'être rassurée, de savoir que je ne vais pas perdre mes amis. Je veux trouver un moyen de gérer ma jalousie pour retrouver ma place dans ce trio et me rapprocher à nouveau de vous. »

Elle posa son regard sur Juliette et Max avec une affection renouvelée, réalisant qu'ils étaient liés par quelque chose de plus fort que la douleur et la trahison.

Alors que la nuit avançait et que les émotions s'apaisaient, ils se retrouvèrent enveloppés dans un sentiment de renouveau et de possibilité. Ils savaient qu'ils devaient continuer à travailler sur leur relation, à se soutenir mutuellement à travers les hauts et les bas de la vie. Mais pour la première fois depuis longtemps, ils sentaient l'espoir briller dans leur cœur, l'espoir d'un avenir où l'amour triomphait de tout. Et avec cette lueur d'espoir pour les guider, ils savaient qu'ils pouvaient affronter tout ce que l'avenir leur réservait, main dans la main, ensemble.

L'idée de Sofia de partager leur vie à mi-temps, en emménageant une semaine chez Max et l'autre chez Juliette apporta un souffle de soulagement et de possibilité. Ils savaient que pour préserver leur amour triangulaire, ils devaient trouver un moyen de concilier leurs désirs individuels tout en préservant l'intégrité de leur relation. Juliette regarda Sofia dans les yeux, une étincelle d'espoir vacillant en elle, réalisant que cette proposition pourrait être la clé pour surmonter leurs défis. Se tournant vers Max pour connaître son verdict, elle trouva l'acceptation et la compréhension reflétées dans son regard. Ils étaient tous impliqués, prêts à tout donner.

Ensemble, ils esquissèrent le cadre de ce nouvel arrangement, peaufinant les détails pratiques et les compromis nécessaires pour que cela fonctionne. Ils s'engagèrent à rester ouverts et honnêtes les uns envers les autres. Ils savaient que cela ne résoudrait pas tous leurs problèmes par magie, car avec ce projet, il y aurait toujours une personne seule à un moment donné. Ils comprirent que ce moment devrait offrir l'opportunité de méditer, de réfléchir et de se recentrer plutôt que de céder à la jalousie, voyant cela comme une chance de se connecter avec eux-mêmes et de trouver la clarté dans leurs pensées.

Pour décider qui d'entre eux resterait seul, ils optèrent pour un tirage au sort. Un mélange d'excitation et de nervosité les animait alors qu'ils s'assirent autour de la table. Les regards échangés entre Juliette, Max et Sofia étaient empreints d'anticipation et d'appréhension. C'était le moment où ils découvriraient qui entamerait cette nouvelle phase de leur vie à temps partiel. Avec des gestes empreints de solennité, ils inscrivirent leurs noms sur de petits morceaux de papier, les plièrent soigneusement et les déposèrent dans un bol au centre de la table.

Le silence s'installa alors, chacun retenant son souffle, attendant de voir qui serait le premier à être choisi. Max tendit la main et saisit délicatement l'un des morceaux de papier, le dépliant avec précaution. Ses yeux parcoururent rapidement le nom inscrit dessus, puis il leva les yeux vers les autres, un sourire timide étirant ses lèvres.

« C'est moi », dit-il simplement. « Je suppose que je suis le premier à partir, » ajouta-t-il avec un sourire.

Juliette et Sofia échangèrent un regard complice, sachant que cela signifiait qu'elles auraient une semaine ensemble pour commencer. Elles se sourirent, se sentant déjà plus proches à l'idée de passer du temps ensemble sans l'ombre de la tension qui avait pesé sur leur relation. Max, quant à lui, se sentait à la fois excité et un peu nerveux. Mais au fond de lui, il savait que c'était une chance de se retrouver et de se ressourcer, et il était déterminé à en profiter au maximum. Il prit une semaine de congé pour rejoindre sa fille à Orléans.

14

Dans les jours qui suivirent, Juliette et Sofia plongèrent dans cette nouvelle semaine avec enthousiasme et détermination. Pour la première fois depuis longtemps, elles étaient libres de se laisser aller à leur amour sans aucune restriction ni pression extérieure.

Leur semaine ensemble était empreinte d'une douceur exquise, chaque journée apportant son lot de moments précieux et de découvertes.

Le matin, elles se réveillaient blotties l'une contre l'autre, leurs corps entrelacés dans les draps chauds. Elles se regardaient avec des yeux brillants d'amour et d'anticipation pour la journée à venir, leurs cœurs battant à l'unisson dans une harmonie parfaite.

Elles explorèrent les rues animées de la ville, bras dessus bras dessous, se perdant dans les ruelles étroites et les places ensoleillées. Ils partagèrent des repas savoureux dans de petits restaurants pittoresques, riant et bavardant comme de vieux amis retrouvés. Elles adoraient passer du temps à flâner au bord de la Seine, se blottissant l'une contre l'autre.

Le soir, ils se retrouvaient dans l'intimité de leur appartement, se perdant dans les bras l'une de l'autre dans une étreinte passionnée. Ils partageaient des conversations profondes et sincères, se confiant leurs espoirs, leurs rêves et leurs craintes les plus profondes. Chaque moment passé ensemble était une célébration de leur amour, une affirmation de leur lien indéfectible.

Et la nuit, alors qu'elles faisaient l'amour entre tendresse et fougue dans le silence apaisant de leur chambre, leurs cœurs battaient au rythme de leur amour, leur souffle se mêlant dans une symphonie de passion et de désir. Elles s'abandonnaient dans un élan de passion dévorante, leurs corps fusionnant dans une étreinte ardente qui les transportait au-delà du temps et de l'espace.

Et alors que la semaine touchait à sa fin, Juliette et Sofia se retrouvèrent plus proches que jamais, leur lien renforcé par les jours passés ensemble. Ils savaient que le temps était venu de se séparer à nouveau, mais ils le firent avec la certitude que leur amour était plus fort que jamais, prêt à affronter tous les défis que l'avenir pourrait leur réserver.

Ainsi, alors que Sofia se préparait à laisser Juliette pour retrouver Max, son cœur débordait de gratitude et de bonheur. Elle savait que cette semaine avait été un cadeau précieux, une occasion de se reconnecter avec son amie. Avec cette nouvelle force dans son cœur, elle savait qu'elle était prête à affronter ce qui viendrait ensuite, armée de l'amour et de la confiance qu'elle avait trouvé dans les bras de Juliette.

15

Sofia se préparait avec excitation pour sa semaine chez Max. Elle remplissait ses valises de tenues coquines, impatiente de réaliser enfin ses fantasmes avec lui. Malgré le ressentiment qu'elle avait laissé voir vis-à-vis de Max, elle avait toujours eu envie de coucher avec lui, et cette semaine promettait d'être torride.

Pour pimenter les choses, elle lui avait proposé de commencer leur semaine par un rendez-vous au love hôtel. Elle s'y rendit donc pour 10 heures, avec un mélange de nervosité et d'anticipation. En arrivant à l'entrée du love hôtel, ne voyant pas Max, elle se fit la réflexion qu'il voulait probablement la faire languir, et elle attendit patiemment, le cœur battant.

Après quelques minutes, elle décida de lui envoyer un SMS pour lui faire savoir qu'elle était là. Mais pas de réponse. Vingt minutes passent, toujours pas de signe de Max. Elle tenta de l'appeler à plusieurs reprises, mais son téléphone resta muet.

Inquiète, elle appela Juliette à son travail, expliquant la situation. Juliette, étonnée, tenta également de contacter Max, mais sans succès. Elle proposa à Sofia de rentrer chez elle en attendant des nouvelles de Max. Malheureusement, les heures passèrent et Max ne répondait ni aux appels ni aux messages. Juliette appela l'agence immobilière où travaillait Max mais il ne devait pas reprendre le travail avant le lendemain donc personne ne put la renseigner. La disparition de Max suscitait une vive inquiétude chez Sofia et Juliette, laissant un sentiment de confusion. Sofia était submergée par la peur que Max ne veuille pas la voir, qu'il puisse la détester, qu'il ne soit parti à cause d'elle. Ses pensées étaient assaillies par des scénarios sombres, alimentant sa culpabilité et son anxiété. Tout un coup, la porte de l'appartement s'ouvrit brusquement, laissant apparaître Juliette. Sofia se leva précipitamment du canapé pour aller à sa rencontre.

« Max n'est toujours pas rentré et il ne répond ni aux appels ni aux messages », commença Juliette. « Ça commence à m'inquiéter sérieusement. J'ai pris mon après-midi, on va devoir appeler tous les hôpitaux parisiens pour voir s'il est quelque part ».

Elles se mirent d'accord sur la répartition des hôpitaux à appeler. Juliette essayait de le cacher, mais son traumatisme refaisait surface. Cette situation lui rappelait douloureusement le moment où elle avait perdu Olivier. Elle avait l'impression de faire un mauvais rêve. Les appels ne donnaient rien. Sofia était complètement paniquée, ne voyant pas quoi faire de plus. Juliette était incapable de rester inactive, elle décida d'appeler Julien Dubois.

Elle composa rapidement le numéro du commissariat et demanda à parler à l'inspecteur. Lorsqu'il décrocha, sa voix grave résonna à travers le combiné, emplie de profession-nalisme et d'assurance. Juliette expliqua la situation avec empressement, lui détaillant les circonstances de la disparition de Max et l'urgence de la situation. L'inspecteur, bien que généralement sceptique, fut convaincu par l'urgence et l'authenticité de la détresse de Juliette. Il promit de faire tout ce qui était en son pouvoir pour aider à retrouver Max, et leur donna rendez-vous au poste de police pour discuter plus en détail de la situation.

Une fois sur place, Sofia et Juliette redonnèrent tous les détails de la situation. L'inspecteur écouta attentivement, prenant des notes et posant des questions pour mieux comprendre le drame qui se jouait. Juliette et Sofia étaient loin de se douter que, derrière son attitude professionnelle, Julien était secrètement excité à l'idée de participer à l'enquête sur ce triangle amoureux. Il avait toujours trouvé Juliette et Sofia particulièrement séduisantes et avait souvent fantasmé sur elles. Alors qu'il les regardait, une lueur de désir s'alluma dans ses yeux. Se glissant dans ses pensées, Julien se surprit à imaginer être à la place de Max. Il ne put s'empêcher de s'imaginer le rendez-vous au love hôtel, se demandant comment il aurait agi. Une vague de désir monta en lui à l'idée de se retrouver au centre de l'attention de ces deux femmes irrésistibles. A la fin de l'entretien, il promit de les tenir informées de toute avancée dans l'enquête et leur conseilla de rester vigilantes tout en évitant de s'exposer à des dangers inutiles. Les deux amies remercièrent l'inspecteur pour son aide précieuse et repartirent du poste de police avec un nouvel espoir.

Sur le chemin du retour, Juliette et Sofia étaient tendues, scrutant chaque visage dans l'espoir de croiser Max. Elles questionnèrent les commerçants qu'il fréquenté, mais aucune trace de leur ami disparu ne fut trouvée.

Épuisées, elles rentrèrent chez Juliette et passèrent la nuit devant la télévision sans vraiment la regarder, le téléphone à proximité. Elles finirent par s'endormir mais leurs nuits fut remplies de mauvais rêves.

Le lendemain matin, Sofia et Juliette reprirent leurs appels aux hôpitaux, élargissant leur recherche jusqu'à Orléans. Leur détermination à découvrir ce qui était arrivé à leur amant commun ne faiblissait pas. Après une série d'appels, Juliette finit enfin par obtenir une lueur d'espoir :

« Bonjour, je voudrais savoir si un patient du nom de Max Leclerc est admis chez vous ? » demanda Juliette au téléphone avec un énième hôpital.

Au bout du fil, une voix calme et professionnelle lui confirma que Max avait été admis dans un hôpital d'Orléans après un grave accident de voiture. Les mots résonnèrent dans l'esprit de Juliette, mêlant soulagement de savoir qu'il était vivant et angoisse à l'idée de l'état dans lequel il pourrait se trouver.

Juliette expliqua à Sofia que Max était dans un état critique. Cette dernière se lève du canapé et commença à rassembler des affaires.

« Qu'attendons-nous ? Allons-y immédiatement », s'écria cette dernière.

« Oui, tu as raison, plus de temps à perdre. Prépare-toi, nous partons tout de suite ! » acquiesça Juliette.

Les portes de l'ascenseur s'ouvrirent et Juliette et Sofia pénétrèrent dans le couloir de l'hôpital où se trouvait la chambre de Max. Elles cherchèrent des yeux des indications sur la salle d'attente où on leur avait demandé d'attendre. Sofia s'installa sur une chaise, tentant de calmer sa respiration, tandis que Juliette resta debout. Elle remarqua une autre jeune femme élégante, les cheveux bruns soigneusement coiffés, qui semblait tout aussi inquiète. Juliette ressentit de l'empathie pour elle. Était-

elle là pour un enfant, un mari, une amie ? En tout cas, elle
Un médecin arriva en demandant qui était là pour Max
Leclerc, et les trois femmes se levèrent. Sofia, Juliette et la
belle jeune femme se dévisagèrent avec surprise. Puis cette
dernière se tourna vers le médecin :

« Je suis son ex-femme, comment va-t-il ? »

Juliette et Sofia échangèrent un regard tandis que le
médecin expliqua que l'état critique de Monsieur Leclerc
nécessitait des soins intensifs.

« Monsieur Leclerc a subi de graves blessures à la tête, il
est actuellement dans un état de coma induit pour stabiliser
son état. Je préfère vous prévenir que l'amnésie post-
traumatique est une possibilité, mais nous devrons attendre
son réveil pour en savoir plus », expliqua calmement le
médecin.

Il ajouta qu'une infirmière viendra les chercher
Lorsqu'elles pourront entrer dans la chambre. Les trois
femmes se rassirent, l'attente pesant sur leurs épaules.
Sarah, Juliette et Sofia se regardaient avec appréhension,
se préparant à une conversation qui pourrait être délicate.

Sarah finit par prendre la parole : « Qui êtes-vous toutes
les deux ? »

Juliette et Sofia échangèrent un regard, hésitant sur la
façon de répondre à la question sans révéler la véritable
nature de leur relation avec Max.

« Nous sommes Juliette et Sofia, des amies très proches
de Max », répondit Juliette. « Nous sommes ici pour le
soutenir dans cette épreuve.

- Je n'ai jamais entendu Max mentionner votre nom »,
répondit Sarah de façon méprisante.

Sarah les observait avec suspicion, mais elle n'insista pas
pour le moment. L'atmosphère dans la salle d'attente était

tendue, chacune des femmes essayant de gérer ses propres émotions.

Après une longue heure d'attente, une infirmière finit par les conduire à la chambre de Max. Sarah demanda à pouvoir le voir seul, ce qui laissa à Juliette et Sofia un moment pour discuter en privé.

« Tu sais Juliette, je pense que nous devrions être honnêtes avec Sarah au sujet de notre relation avec Max.

- Je comprends ton point de vue, mais je ne suis pas sûre que Max soit prêt à rendre cela public. Peut-être devrions-nous respecter son choix pour l'instant. »

Sarah finit par sortir de la chambre, les yeux rougis par les larmes. Juliette et Sofia entrèrent à leur tour et furent choquées de voir l'état de Max.

Il était allongé sur son lit d'hôpital, pâle et immobile, des bandages recouvrant une grande partie de son corps meurtri par l'accident. Des machines médicales l'entouraient, émettant des bips réguliers qui remplissaient la pièce de leur son monotone.

Les deux femmes restèrent muettes, se tenant la main en silence. Des larmes coulèrent sur les joues de Juliette tandis qu'elles observaient leur bien-aimé dans cet état vulnérable.

Après quelques minutes, elles ressortirent de la chambre pour retrouver Sarah en conversation avec un médecin.

« Je comprends que ce ne soit pas pratique pour vous, mais il lui faut un traitement spécialisé. » Il fit un léger signe de tête avant de s'éloigner rapidement vers d'autres patients.

Juliette se tourna vers Sarah qui avait particulièrement l'air préoccupé :

« Sarah, pouvons-nous savoir ce qu'a dit le médecin ? ».

Sarah, le regard toujours embué de larmes, se pinça les lèvres avant de répondre d'une voix tremblante :

« Max doit être transféré à Paris. Ils disent qu'il a besoin de soins spécialisés là-bas. »

Sofia essaya de réconforter Sarah avec des paroles réconfortantes mais cette dernière resta silencieuse, son visage trahissait son désarroi et sa détresse.

Juliette essaya de détendre l'atmosphère en proposant à Sarah de partager un café avec elles. Sarah détourna le regard, luttant contre ses émotions. Puis elle se leva et quitta la pièce sans un mot de plus, laissant Juliette et Sofia seules avec leurs pensées.

Elles se rendirent ensuite à l'accueil pour obtenir des informations sur le transfert de Max. Apprenant que cela se ferait le lendemain, elles décidèrent de reprendre la route pour rentrer chez elles. Une fois de retour à l'appartement, épuisées par cette journée éprouvante, elles s'effondrèrent sur le lit et s'endormirent rapidement, chacune se reposant dans l'espoir d'un meilleur lendemain.

16

Sofia regardait Max avec émotion, les larmes aux yeux. Elle était soulagée qu'il soit en vie, mais également bouleversée de le voir dans un état si précaire. Depuis plusieurs jours, Juliette et Sofia ne quittaient pas Max d'une semelle, dans l'espoir qu'il se réveillerait bientôt. Elles allaient à l'hôpital dès qu'elles avaient un moment de libre.

Les jours passèrent, et l'état de Max resta inchangé. Les médecins étaient perplexes devant son coma prolongé, et les amies de Max étaient remplies d'anxiété quant à son rétablissement. Ils passèrent des heures à son chevet, lui tenant compagnie et lui parlant dans l'espoir qu'il puisse les entendre, même dans son inconscience.

Finalement, après des jours d'attente et d'incertitude, il y eut un signe d'amélioration. Max commença à montrer des signes de réveil, remuant légèrement dans son lit et ouvrant lentement les yeux. Les larmes de joie coulèrent sur les joues de Juliette et de Sofia alors qu'elles regardaient leur ami retrouver lentement conscience.

C'était le début d'un long chemin vers la guérison pour Max, mais pour Juliette et Sofia, c'était un soulagement immense de le voir enfin sortir du coma. Ils étaient reconnaissants envers l'hôpital et le personnel médical pour les soins exceptionnels qu'ils avaient prodigués à leur ami, et elles étaient impatientes de l'accueillir à nouveau parmi eux une fois qu'il serait rétabli.

Alors qu'elles attendaient le rétablissement complet de Max, elles savaient qu'elles étaient prêtes à tout faire pour l'aider dans son processus de guérison. Et avec leur soutien inébranlable et leur amour indéfectible, elles savaient que Max allait surmonter cette épreuve et revenir encore plus fort qu'auparavant.

17

Lorsque Max ouvrit enfin les yeux, un voile de confusion l'entourait. Il regarda autour de lui, désorienté, essayant de comprendre où il était et ce qui lui était arrivé. Ses yeux se posèrent sur Juliette et Sofia, qui se tenaient à son chevet avec des expressions mêlées de soulagement et d'inquiétude.

« Max, c'est nous, Juliette et Sofia, dit Juliette doucement, essayant de calmer les tourments qui agitaient l'esprit de son ami. Tu es à l'hôpital, tu as été dans le coma pendant plusieurs jours. »

Max cligna des yeux, essayant de se souvenir, mais il n'y avait que le vide. Sa mémoire était un puzzle incomplet, avec des pièces manquantes qui rendaient la situation encore plus déconcertante. Il essaya de se rappeler les événements qui avaient précédé son coma, mais tout ce qu'il pouvait ressentir était comme un écran noir.

« Je ne me souviens de rien, » murmura-t-il finalement, la voix faible et tremblante.

Juliette et Sofia échangèrent un regard plein d'inquiétude. Ils savaient que la perte de mémoire de Max rendrait les choses encore plus compliquées, mais elles étaient déterminées à l'aider à retrouver son passé, quoi qu'il en coûte.

Les jours qui suivirent furent remplis de tentatives pour aider Max à retrouver la mémoire. Juliette et Sofia lui racontaient des histoires sur leur amitié, sur les moments qu'ils avaient partagés ensemble, dans l'espoir que cela déclencherait des souvenirs perdus. Ils lui montraient des photos, lui parlaient de ses passe-temps et de ses intérêts, mais rien ne semblait résonner avec lui.

Max se sentait frustré et confus, perdu dans un monde qu'il ne reconnaissait pas. Il se demandait qui il était vraiment, d'où il venait, et ce qui lui était arrivé pour le conduire à cet état. Mais malgré ses efforts pour retrouver son identité, il ne pouvait pas échapper au vide béant qui occupait son esprit.

Pendant ce temps, Juliette et Sofia étaient résolues à rester à ses côtés, le soutenant dans cette épreuve difficile. Ils savaient que la route vers la récupération de la mémoire de Max serait longue et difficile, mais elles devaient tout faire pour l'aider à retrouver son passé.

Et alors que les jours passaient et que Max luttait pour retrouver ses souvenirs perdus, ils s'accrochaient à l'espoir que, tôt ou tard, il retrouverait son chemin et reviendrait à lui-même. Car avec leur amour et leur soutien, ils savaient qu'ils pourraient surmonter tous les obstacles qui se dressaient sur leur chemin.

La présence de Max à l'hôpital avait ravivé des sentiments profonds chez Juliette et Sofia. Alors qu'ils restaient à son chevet, leur affection pour lui se transformait en une compétition silencieuse pour gagner son amour.

Juliette, avec son charme naturel et son empathie, cherchait à se rapprocher de Max en lui offrant son soutien inconditionnel. Elle passait des heures à lui parler, à le réconforter et à lui rappeler les moments qu'ils avaient partagés avant son accident. Elle lui racontait des histoires sur leur amitié, essayant désespérément de faire revivre les souvenirs perdus de Max.

De son côté, Sofia utilisait son intelligence et son esprit vif pour capturer l'attention de Max. Elle lui apportait des livres et des jeux, cherchant à stimuler son esprit et à l'encourager à retrouver ses capacités cognitives. Elle lui posait des questions sur ses intérêts et ses passions, cherchant à découvrir ce qui le rendait heureux.

Mais alors que la compétition entre Juliette et Sofia s'intensifiait, des tensions commençaient à émerger. Des regards furtifs et des remarques subtiles trahissaient leur rivalité grandissante, et Max se retrouvait pris au milieu de leur lutte pour son affection.

Avec le temps, la compétition entre Juliette et Sofia ne montrait aucun signe de ralentissement. Chaque geste, chaque mot, était minutieusement pesé dans l'espoir de gagner l'amour de Max. Mais alors que la compétition atteignait son paroxysme, une question demeurait : qui, parmi les deux amies, réussirait à conquérir le cœur de Max, et à quel prix ?

Max était désorienté. Se réveiller dans un lit d'hôpital, entouré de visages familiers mais de souvenirs lointains, était une expérience déconcertante. Il se sentait comme un étranger dans son propre corps, incapable de se rappeler qui il était vraiment.

Alors que Juliette et Sofia rivalisaient pour son attention, Max se sentait de plus en plus perdu. Il ne comprenait pas pourquoi ces deux femmes semblaient si désireuses de gagner son affection, et il se demandait ce qu'il avait bien pu faire pour mériter une telle attention.

Pour lui, l'essentiel était de retrouver sa vie, de reprendre le contrôle de son destin. Il voulait retrouver ses souvenirs, ses passions, ses rêves. Il voulait retrouver la personne qu'il était avant l'accident, avant de perdre tout ce qui comptait vraiment pour lui. Il se sentait comme un pion dans leur jeu, incapable de faire entendre sa propre voix, de faire valoir ses propres désirs.

Le soir venu Max devait encore rester à l'hôpital, et Juliette et Sofia se retrouvaient dans leur appartement l'atmosphère devenu glaciale. Le silence régnait, brisé seulement par le son étouffé des pas de Juliette et Sofia alors qu'elles se déplaçaient nerveusement d'une pièce à l'autre. Juliette regarda fixement par la fenêtre, son regard perdu dans les lumières de la ville qui scintillaient dans l'obscurité de la nuit. Elle se sentait déchirée entre son désir de soutenir Max dans sa récupération et le besoin irrépressible d'exprimer ses propres sentiments envers lui. Chaque instant passé près de lui ravivait les flammes de son amour, mais elle savait aussi qu'elle devait respecter les sentiments de Sofia.

Sofia, de son côté, était assise sur le canapé, le regard fixé sur le sol, perdue dans ses pensées tourmentées. Elle se sentait dépassée par la situation, déchirée entre son désir de voir Max retrouver la mémoire et le sentiment d'impuissance qui l'envahissait. Elle savait qu'elle devait soutenir son amie dans cette épreuve difficile, mais chaque instant passé près de Max ne faisait que raviver les souvenirs de leur propre passé ensemble, des moments qu'elle aurait préféré oublier.

Dans cette atmosphère tendue, chaque mot était pesé, chaque geste scruté avec suspicion. Les fissures dans leur amitié autrefois solide étaient devenues de profonds abîmes, menaçant de les engloutir toutes les deux dans un tourbillon d'émotions incontrôlables. Dans le silence oppressant de la nuit, elles se demandaient si leur amitié survivrait à cette épreuve, ou si elles étaient condamnées à être emportées par la tempête de leurs propres émotions.

Puis pour faire tomber les tensions Sofia qui s'était couchée en premier dans le grand lit demanda à Sofia de la rejoindre. Dans l'obscurité tamisée de la chambre, Sofia gisait sur le lit, elle pouvait sentir la tension dans l'air, lourd et oppressant, comme un poids invisible qui pesait sur ses épaules. Elle savait que quelque chose devait changer, que les murs qui les séparaient devaient être abattus pour permettre à leur amitié de survivre.

Prenant une profonde inspiration, elle se tourna vers Juliette, qui se tenait debout à côté du lit, le regard fixé sur elle avec une intensité qui la fit frissonner. Elle pouvait voir la douleur dans les yeux de son amie, le désir inexprimé et la confusion qui tourmentaient son esprit. Sofia savait qu'elle devait agir, qu'elle devait briser le silence qui pesait sur elles et faire tomber les barrières qui les séparaient.

« Désolée pour tout ça, murmura-t-elle, sa voix douce et tremblante dans l'obscurité. Je ne voulais pas que les choses deviennent aussi compliquées entre nous. »

Juliette la regarda avec surprise, ses yeux brillant d'une lueur d'espoir. Elle s'approcha lentement du lit, sentant le poids de la tension se relâcher peu à peu.

« Ce n'est pas ta faute, répondit-elle doucement. Nous sommes toutes les deux responsables de ce qui s'est passé. »

Sofia lui tendit la main, l'invitant silencieusement à la rejoindre sur le lit.

« Viens, dit-elle doucement. Je crois qu'on a besoin d'une pause dans tout ça. Juste toi et moi, comme avant. »

Juliette hésita un instant, puis elle prit la main de son amie et se laissa tomber sur le lit à ses côtés. Elles se regardèrent pendant un moment, leurs cœurs battant à l'unisson dans l'obscurité de la chambre. Puis, lentement, Sofia se blottit contre Juliette, posant sa tête sur son épaule, tandis que Juliette entourait ses bras autour d'elle, les deux femmes se serrant l'une contre l'autre dans un geste de réconfort mutuel.

Dans cet instant de tendresse et de proximité, les tensions de la journée s'évaporèrent, remplacées par un sentiment de paix et de réconciliation. Pour un bref instant, elles étaient simplement deux amies, se soutenant l'une l'autre à travers les épreuves de la vie.

Et alors que la nuit s'étendait devant elles, elles s'endormirent ensemble, enveloppées dans les bras l'une de l'autre, leurs esprits enfin libérés du fardeau du passé et de l'incertitude de l'avenir.

18

Max sortit enfin de l'hôpital. Il avait été convenu que Sofia et Juliette s'occupe de lui à tour de rôle. Les regards que s'échangeaient les deux femmes trahissaient toujours la jalousie et suspicion, chacune se demandant quelle était la véritable nature de la relation unissant Max à l'autre.

Débordé par la situation, Max se sentait perdu. Sa mémoire fragmentée l'empêchait de se souvenir de son passé et de ses liens avec Juliette et Sofia. De leur côté, Juliette et Sofia luttaient contre un tourbillon d'émotions contradictoires. Soulagées du retour sain et sauf de Max, elles étaient néanmoins tourmentées par l'incertitude concernant leur place dans sa vie. Étaient-elles encore aimées et désirées par Max ? La tension montait en puissance alors que Max se trouvait au cœur d'un conflit muet entre les deux femmes. Chacune cherchait à attirer son attention, à gagner ses faveurs. Quant à lui, il se sentait déchiré, incapable de choisir entre elles.

Face à cette intensité émotionnelle, Juliette et Sofia réalisèrent qu'il valait mieux laisser Max se reposer seul. Dans un geste de solidarité, elles quittèrent sa chambre, le laissant à ses pensées. À l'extérieur, Juliette ressentait un soulagement. L'air frais lui était nécessaire. Sofia semblait d'accord, car elle n'émit aucune objection lorsque Juliette proposa une promenade nocturne. Dans le silence de la nuit, elles déambulaient côte à côte. Juliette songeait à l'avenir de leur trio, s'interrogeant sur les possibilités de réconciliation après tant de tumulte.

Sofia semblait plongée dans ses propres pensées, son visage éclairé par la lueur argentée de la lune. Juliette se demanda ce qu'elle ressentait réellement, quelles étaient ses pensées les plus profondes et ses désirs les plus secrets. Alors qu'elles continuaient leur promenade, une douce brise nocturne caressait leurs visages, apportant un soulagement bienvenu à la chaleur étouffante de la journée. Dans l'obscurité, les étoiles scintillaient au-dessus d'elles, éclairant leur chemin et illuminant leur avenir incertain.

Dans un instant de passion soudaine, Sofia prit Juliette par les épaules et la plaqua doucement contre le mur d'une ruelle sombre. Leurs yeux se rencontrèrent dans l'obscurité, étincelant d'une intensité brûlante alors que le désir électrisait l'air entre elles.

Sans un mot, Sofia pencha la tête et cherchant les lèvres de Juliette dans un baiser fougueux. Leurs bouches se rencontrèrent avec une urgence affamée, leurs souffles se mêlant dans un tourbillon de passion inattendue. Les mains de Sofia parcouraient le corps de Juliette avec une assurance presque féline, explorant chaque courbe et chaque creux avec une avidité dévorante.

Juliette se laissa emporter par la vague de plaisir qui l'envahissait, abandonnant toute réserve et tout contrôle. Ses mains se glissèrent dans les cheveux soyeux de Sofia, les tirant plus près d'elle alors qu'elle répondait à son baiser avec une ardeur égale. Les battements de leur cœur résonnaient dans l'obscurité, vibrant au rythme de leur désir dévorant.

Dans cet instant hors du temps, toutes les inhibitions semblaient s'évaporer, ne laissant place qu'à l'urgence brûlante du désir. Sofia et Juliette étaient prises dans un tourbillon de passion, leurs corps se pressant l'un contre l'autre avec une intensité insatiable.

Et alors que le baiser se prolongeait, chaque instant semblait durer une éternité, empli de la promesse d'une passion dévorante et inoubliable. Dans cette ruelle sombre, sous le voile protecteur de la nuit, Sofia et Juliette s'étaient enlacées dans une étreinte enflammée, brisant toutes les barrières qui les avaient retenues jusqu'à présent.

Leur échappée nocturne les mena à leur bar préféré, animé ce soir-là. Après quelques verres, l'alcool atténua leurs inhibitions. Les rires se faisaient plus francs, les gestes plus intimes. L'attraction mutuelle devenait irrépressible.

Guidée par le désir, Sofia entraîna Juliette sur la piste de danse, se perdant dans la foule au rythme envoûtant de la musique. Le moment était empreint de liberté et d'authenticité, un instant de vérité dans un monde dominé par les secrets et les mensonges.

Tandis que l'aube pointait, signant la fin de leur nuit mémorable, elles regagnaient leur appartement, main dans la main, unies par un lien renforcé par les épreuves.

De retour chez Juliette, elles trouvèrent Max endormi dans le lit de cette dernière, paisible. Avec une tendresse infinie, elles se glissèrent à ses côtés, leur présence formant un cocon de chaleur et d'affection autour de lui. Puis elles se débarrassèrent de leurs vêtements, sans un mot échangé, leurs gestes mesurés et empreints d'une solennité presque sacrée. Leurs corps se serrant contre le sien dans un élan spontané de protection et d'affection.

Le contact de leurs peaux nues contre la sienne créa une sensation de chaleur apaisante, enveloppant Max dans une étreinte douce et rassurante. Il semblait presque sentir leur amour et leur soutien se diffuser à travers lui, lui apportant un réconfort bienvenu dans son sommeil profond.

Juliette et Sofia se blottirent de chaque côté de Max, leurs bras l'entourant étroitement, comme s'ils craignaient qu'il ne leur échappe s'ils le lâchaient ne serait-ce qu'un instant. Leurs respirations se synchronisèrent, rythmant le calme de la chambre d'une douce mélodie, tandis qu'elles se laissaient emporter par le sommeil, leurs cœurs battant à l'unisson dans un parfait accord.

Au petit matin, lorsque les premiers rayons du soleil commencèrent à filtrer à travers les rideaux, ils se réveillèrent lentement, leurs esprits émergeant de l'obscurité du sommeil pour accueillir une nouvelle journée. Max, enveloppé dans les bras protecteurs de Juliette et Sofia, ouvrit les yeux avec une sensation de bien-être indescriptible, se sentant choyé et aimé d'une manière qu'il n'avait jamais connue auparavant.

Dans l'intimité du petit matin, Sofia, empreinte d'une audace subite, commença à effleurer doucement le torse de Max, laissant glisser ses doigts avec une délicatesse troublante le long de sa peau. Chaque contact était empreint d'une tendresse palpable, d'une affection profonde qui se manifestait à travers ses gestes.

Les caresses de Sofia étaient comme une douce brise, apaisante et enivrante à la fois, faisant frissonner Max sous ses attentions expertes. Ses mains glissèrent lentement vers le bas, explorant chaque courbe et chaque contour avec une curiosité délicate, suscitant des sensations nouvelles et électrisantes chez Max.

Sous le toucher sensuel de Sofia, Max se sentait transporté dans un monde de plaisirs insoupçonnés, où chaque effleurement, chaque pression de ses doigts était une invitation à l'extase. Son souffle se faisait plus profond, plus irrégulier, alors qu'il se laissait emporter par les sensations qui l'envahissaient, son corps réagissant avec une intensité étonnante à chaque contact de Sofia.

Et alors que leurs cœurs battaient à l'unisson dans le silence de la chambre, Max se sentit envahir par un sentiment d'émerveillement et d'excitation, réalisant avec une certitude soudaine qu'il était prêt à explorer les profondeurs de l'amour avec Sofia, à se perdre dans ses bras et à se laisser emporter par la passion qui brûlait entre eux.

Sofia, guidée par un mélange de désir et de curiosité, glissa délicatement sa main sur le ventre de Max, explorant chaque centimètre de sa peau avec une tendresse troublante. Ses doigts effleurèrent légèrement sa taille, puis descendirent lentement, parcourant le chemin jusqu'à son bas-ventre.

À mesure que sa main se rapprochait, Max sentit une chaleur familière monter en lui, son souffle s'accélérant légèrement à l'anticipation de ce qui allait suivre. Lorsque les doigts de Sofia rencontrèrent enfin leur destination, une onde de plaisir le traversa, faisant naître une tension délicieuse dans tout son corps.

Sous le toucher expert de Sofia, Max sentit son érection

se former, son membre répondant instinctivement à ses caresses avec une réactivité surprenante. Il se sentait à la fois électrisé et apaisé par les sensations qui l'envahissaient, se laissant emporter par le plaisir qui montait en lui.

Pour Sofia, sentir la réaction de Max à ses caresses était à la fois excitant et gratifiant, confirmant la profonde connexion qui existait entre eux. Elle continua à explorer son intimité avec une douceur et une sensualité sans pareilles, savourant chaque soupir, chaque gémissement qui s'échappait des lèvres de Max.

Dans cet instant suspendu, alors que le désir brûlait entre eux, Max se sentit plus vivant que jamais, éveillé à une passion qu'il n'avait jamais connue auparavant. Et tandis que Sofia continuait à le caresser avec une intensité grandissante, il se laissa emporter par les flots de plaisir qui le submergeaient.

De son côté au propre comme au figuré, Juliette, envahie par un mélange de désir et de jalousie, se pencha vers Max et l'embrassa avec passion, ses lèvres rencontrant les siennes dans un baiser ardent et fougueux. Elle chercha à exprimer à travers ce geste toute l'intensité de ses émotions, espérant capturer l'attention de Max et lui montrer à quel point elle le désirait.

Le baiser était chargé d'une fougue avec une intensité insoupçonnée, chaque contact de leurs lèvres envoyant des étincelles de plaisir à travers leurs corps. Juliette se sentait enivrée par la proximité de Max, par la sensation de sa peau contre la sienne, par le goût sucré de ses lèvres sous les siennes.

Pour Max, le baiser de Juliette était à la fois troublant et enivrant, éveillant en lui des sentiments qu'il ne comprenait pas tout à fait. Il se laissa emporter par la passion de l'instant, répondant à son étreinte avec une intensité égale, ses mains se perdant dans les cheveux de Juliette alors qu'il l'attirait plus près de lui.

Dans cette étreinte passionnée, les frontières entre le désir et la confusion semblaient s'effacer, laissant place à un tourbillon d'émotions contradictoires. Juliette et Max étaient pris au piège dans une danse enivrante, où les désirs inexprimés et les secrets enfouis se mêlaient dans un tourbillon de passion et de désir.

Pendant un instant, ils étaient seuls au monde, perdus dans le tourment de leurs propres émotions.

Alors que Juliette et Max étaient captivés par leur baiser passionné, Sofia, mue par une fougue irrésistible, se laissa guider par ses propres désirs. Sa main parcourait toujours la peau de Max avec une délicatesse calculée, explorant chaque contour avec une tendresse exquise. Elle ressentait le pouls frénétique de Max sous ses doigts, une pulsation qui révélait l'excitation grandissante qui l'animait.

Sofia, experte dans l'art des plaisirs inavoués, savait exactement comment susciter le désir chez Max.

Puis sa bouche trouva le chemin vers les zones les plus intimes de Max, explorant chaque centimètre avec une dévotion passionnée. Ses baisers étaient empreints d'une sensualité envoûtante, chaque mouvement calculé pour provoquer un frisson de plaisir chez Max. Elle savourait chaque gémissement étouffé, chaque souffle haletant, savourant la réaction passionnée de Max à ses attentions.

Pour Sofia, cette étreinte était bien plus qu'un simple acte de désir. C'était une démonstration de son pouvoir de séduction, une affirmation de sa capacité à ensorceler et à captiver celui qu'elle désirait. Elle se donnait à lui avec une passion dévorante, se perdant dans le tourbillon de leurs désirs entrelacés.

Dans cette atmosphère chargée de passion et de désir, Sofia se laissa emporter par le feu qui brûlait en elle, se donnant à Max avec une intensité qui défiait toute logique. Et alors que leurs corps s'entrelaçaient dans une étreinte passionnée, ils étaient tous les deux transportés au-delà des limites de la raison, perdus dans le tourbillon enivrant de leur propre passion.

Dans un élan de désir et de complicité, Juliette poursuivit ses explorations sur le corps de Max. Ses lèvres, ardentes de passion, parcouraient sa peau avec une douceur électrisante, laissant une traînée de baisers enflammés sur son passage. Elle savourait chaque soupir, chaque frémissement de plaisir qui parcourait le corps de Max sous ses attentions expertes.

Ses baisers descendirent le long de son torse, effleurant tendrement ses tétons, les faisant durcir sous ses caresses délicates. Chaque contact était une déclaration de désir, une invitation à l'abandon total dans l'extase du moment présent. Elle savait que chaque geste, chaque baiser, rapprochait Max du sommet du plaisir, l'amenant inexorablement vers une félicité indescriptible.

Pendant ce temps, Sofia se délectait des sensations enivrantes que lui procurait le contact avec le sexe de Max. Sa main, habile et experte, caressait avec une douceur envoûtante, faisant monter en lui une vague de désir irrépressible. Chaque mouvement était une symphonie de plaisir, chaque caresse un écho du désir qui brûlait entre eux.

Et alors que Juliette rejoignait la bouche gourmande de Sofia dans un baiser passionné, leurs corps se fusionnaient dans un tourbillon de passion et de désir. Leurs souffles se mêlaient dans une danse enivrante, leurs cœurs battant à l'unisson au rythme de leur passion dévorante. Dans cet instant de pure extase, ils étaient unis par un lien indéfectible, un lien forgé dans le feu ardent de leur amour.

Leurs étreintes se faisaient de plus en plus ardentes, ils se laissaient emporter par le tourbillon de sensations qui les submergeait, se perdant dans l'extase de l'instant présent. Car dans cet instant de passion dévorante, ils étaient libres de tout, libres d'explorer les recoins les plus intimes de leur désir, libres de s'abandonner à l'ivresse du plaisir sans retenue.

Après leur étreinte passionnée, épuisés par les vagues d'émotions et de plaisir qui les avaient submergés, ils s'abandonnèrent au sommeil. Dans le doux halo de la lueur matinale filtrant à travers les rideaux, leurs respirations se mêlaient harmonieusement, créant une symphonie de calme et de sérénité. Les draps froissés témoignaient de l'intensité de leur étreinte, mais maintenant, dans cet instant de quiétude, ils étaient simplement trois âmes enlacées, trouvant refuge dans les bras les uns des autres.

Les songes les enveloppèrent, les transportant vers des mondes où les frontières entre réalité et imagination se mêlaient. Chacun avait ses propres rêves, ses propres aspirations, mais dans cet instant, leurs esprits étaient unis par un lien indéfectible, tissé à travers les expériences partagées et les émotions partagées.

Dans le calme apaisant de la chambre, le temps semblait suspendu, comme si rien d'autre ne comptait en dehors de ce moment présent. Les soucis et les tourments du monde extérieur s'évanouissaient, laissant place à une paix profonde et réparatrice.

Ils sombraient dans un sommeil profond, leurs cœurs battaient en harmonie, unis par un amour qui défiait toute logique et toute convention. Emportés par les doux murmures de leurs rêves, enveloppés dans un cocon de chaleur et d'affection, ils étaient plus que des amants, plus que des amis – ils étaient une seule âme, unie par un lien indestructible, prête à affronter tous les défis que l'avenir pourrait leur réserver.

Quelques heures plus tard, Sofia et Juliette émergèrent doucement du sommeil, leurs corps encore imprégnés de la chaleur et de l'intimité de leur étreinte. Elles s'étirèrent paresseusement, s'habituant à la lumière du matin qui filtrait à travers les rideaux entrouverts. Mais alors qu'elles reprenaient lentement conscience de leur environnement, elles réalisèrent avec surprise que Max était déjà levé.

Le silence régnait dans l'appartement, enveloppant les pièces dans une atmosphère feutrée. Les bruits étouffés de la ville lointaine semblaient lointains, comme s'ils appartenaient à un monde différent, séparé de leur bulle d'intimité. Sofia et Juliette échangèrent un regard interrogateur, se demandant où Max avait bien pu passer.

Elles se levèrent avec précaution, enveloppant leurs corps dans des peignoirs douillets avant de se diriger vers la cuisine, espérant trouver des réponses à leur énigme matinale. Mais à leur grande surprise, la pièce était déserte, les traces de leur passage la veille étant les seules preuves de leur présence.

Intriguées, Sofia et Juliette explorèrent l'appartement, cherchant des indices sur le départ soudain de Max. Mais chaque pièce était vide, chaque recoin silencieux, comme si leur ami avait disparu dans l'air sans laisser de trace. Une anxiété sourde commença à s'insinuer dans leurs esprits, alimentant leurs craintes les plus sombres.

Finalement, elles se retrouvèrent dans le salon, où la télévision était toujours allumée, diffusant des images sans importance dans le vide de la pièce. Sofia se laissa tomber sur le canapé, son visage marqué par l'inquiétude, tandis que Juliette se mit à arpenter la pièce d'un pas agité, essayant de comprendre ce qui pouvait bien se passer.

Des heures s'écoulèrent dans un silence oppressant, chaque minute qui passait semblant étirer l'attente jusqu'à l'insupportable. Sofia et Juliette échangèrent des regards anxieux, partageant leurs inquiétudes sans mots, leurs pensées tournées vers l'homme qui avait disparu de leur vie aussi soudainement qu'il y était entré.

Les doigts tremblants, Sofia et Juliette découvrirent une lettre soigneusement pliée posée sur la table basse du salon. Le papier était légèrement froissé, comme s'il avait été manipulé maintes fois avant d'être abandonné à leur attention. Les deux femmes échangèrent un regard empli d'appréhension avant de saisir délicatement la lettre, leurs cœurs battant la chamade alors qu'elles dépliaient le précieux morceau de papier.

Les mots de Max s'étalaient devant elles, écrits d'une main tremblante mais empreints d'une sincérité poignante.

Juliette et Sofia,

Mon départ soudain va sûrement vous surprendre, mais il était trop difficile pour moi de vous l'expliquer en face. J'ai besoin de m'éloigner, de trouver des réponses à mes propres questions, de faire la paix avec les démons qui hantent mon esprit depuis mon réveil du coma. C'est pourquoi j'ai pris la décision d'aller m'installer chez mon ex-femme pour me rapprocher de ma fille, même si mes souvenirs d'elles sont presque effacés. Il me semblait essentiel d'être présent pour elle.

Je suis certain que vous comprendrez ma décision. Je m'excuse sincèrement, mais mes souvenirs ont disparu et je ne suis plus le même homme que vous avez connu. Je n'ai plus la force de gérer notre relation à trois, aussi excitant que cela puisse paraître. Vous voir vous détruire pour moi, sans que je ne comprenne pourquoi, est épuisant, et je dois maintenant me reconstruire en toute sérénité.

Je tiens à vous remercier du fond du cœur d'avoir veillé sur moi pendant mon coma, pour avoir été mes anges gardiens dans les ténèbres de mon inconscience. J'espère sincèrement que dans quelques temps, nous pourrons reprendre une amitié solide. Je vous souhaite le meilleur pour l'avenir.

Max

Les larmes montèrent aux yeux de Sofia alors qu'elle lisait les mots de Max, son cœur se serrant douloureusement dans sa poitrine. Elle avait tant espéré que leur histoire ne se termine pas ainsi, tant rêvé d'un avenir où ils pourraient être ensemble, mais maintenant, elle comprenait que cela n'arriverait jamais.

Juliette, de son côté, restait silencieuse, absorbée par la lecture de la lettre. Ses yeux parcouraient les lignes avec une intensité troublante, son esprit tourmenté par les pensées contradictoires qui l'assaillaient. Elle avait toujours su que leur triangle amoureux était voué à l'échec, mais maintenant, elle devait affronter la réalité brutale de cette vérité. Max était parti, et elle devait accepter que leur histoire fût terminée.

Dans le silence pesant de l'appartement, Sofia et Juliette se regardèrent, leurs yeux emplis de tristesse et de résignation. Les mots de Max résonnaient dans leurs esprits, un adieu déchirant à tout ce qu'ils avaient partagé, à tout ce qu'ils avaient espéré. Et tandis que le monde continuait de tourner autour d'eux, elles savaient que rien ne serait plus jamais pareil, que le départ de Max marquait la fin d'une époque et le début d'une nouvelle vie, incertaine et inconnue.

Votre avis est précieux.

En laissant un commentaire sur Amazon ou en partageant votre opinion sur les réseaux sociaux, vous aidez d'autres lecteurs à découvrir et à apprécier mon livre autant que vous l'avez fait.
Chaque commentaire compte. Que ce soit une simple étoile ou un paragraphe détaillé, votre contribution fait une différence.
Merci pour votre soutien et votre engagement. Vos commentaires sont la lumière qui guide les futurs lecteurs vers mon livre.